謝謝

二〇一五年七月

陳寅恪晚年詩箋證稿

章詒和題

謝泳 著

謹以此書紀念陳寅恪先生逝世五十周年

目次

陳寅恪晚年詩箋釋

陳寅恪的交遊

陳寅恪晚年詩箋釋

陳寅恪晚年詩，專指一九四九年一月至一九六六年四月間陳寅恪詩。目前已知這部分詩約有二百餘首。這些詩有三種情況：一是已尋出本事，學界認同的；二是尋不出本事，見仁見智的；三是尋出本事而尚有爭議的。作者努力的是第三部分，即已有共識者不解，尋不到本事線索者不解，尋到本事線索者略解。版本依據北京三聯書店《陳寅恪集・詩集》二〇〇九年版。目前解陳詩最用力也最有成績者是廣東胡文輝先生，箋釋陳詩必引《陳寅恪詩箋釋》一書，版本依據為廣東人民出版社二〇〇八年版，凡引此書只注頁碼。

〈報載某會中有梅蘭芳之名戲題一絕〉

所有解陳寅恪詩的人，都難免猜謎，這是沒有辦法的事。這是陳詩特點決定的。胡文輝解陳詩最用力，也最有成績。他的一個看法我極認同，大意是，解陳詩，不是看你解錯了多少，而是看你解對了多少。我再進一步說，解陳詩，錯也是對。因為錯可以讓後人避免再走彎路，於學術也不能說沒有意義。解陳詩，如果思路對，材料方向對，聯想涉及人物為同一類型，結果最後錯了，意義也需要肯定。有此判斷，我對所有解過陳詩的人，均表敬意，如果沒有他們的學術努力，我們對陳詩的理解就不能深入，就會讓陳詩越來越難以理解，就會越來越和陳寅恪的思想與人格有距離。

陳寅恪一九四九年秋有〈報載某會中有梅蘭芳之名戲題一絕〉，余英時、胡文輝均有詳解，全詩四句：

蜂戶蟻封一聚塵，可憐猶夢故都春；

曹蜍李志名雖眾，只識香南絕代人。

此詩，余英時解出是寫一九四九年九月第一屆政協會議，胡文輝認為「余說甚是」。我以為詩中「某會」可能不是政協會議，而是當時的一次學術會議，即一九四九年七月八日，中國新哲學研究會在北平召開的發起人會議。會議確定的宗旨是」傳播馬列主義哲學及毛澤東思想，以期正確認識中國新民主主義社會發展的規律，並批判吸收舊哲學遺產，在文化思想戰線上開展對於各種錯誤思想意識的批判。」（參見蔡仲德《馮友蘭先生年譜初稿》第三三九頁，河南人民出版社，一九九四年）。馮友蘭參加了這次會議，而會議宗旨與陳寅恪一貫思想不合。

我曾將此詩中「梅蘭芳」與章士釗聯繫，但很快我就發現，這個理解錯了。我還說，陳詩中凡出「梅」字，多與章士釗有關，這個判斷也不對，但這個思路還不能說沒有意義。我由章才聯想到馮友蘭。

陳寅恪喜歡京劇，但我感覺陳詩與梅蘭芳可能沒有關係，梅蘭芳在陳詩中是一個特殊的暗喻，指馮友蘭。這裡「梅蘭芳」應當理解成「男旦」代稱。一九五二年春，陳詩有〈壬辰春日作〉，其中有句「裴淑知詩一笑溫」。余英時、胡文輝皆認為此處「裴淑」是用唐代元稹妻典故，代指陳夫人，也就是說，陳詩的暗喻陳夫人明白，所以「知詩一笑溫」。

「曹蜍李志名雖眾」用《世說新語》典故，指平庸而無生氣的知識份子。「只識香南絕代人」中「香南」本為佛教中地名，陳寅恪《柳如是別傳》中曾說過，明清人多用為字型大小，此處有可能是暗指馮友蘭的字「芝生」，因為「香南」可聯想「芝生」。一九六〇年，陳詩〈又別作一首〉中再用「何意香南漸消歇，又將新調醉人寰」。此處「香南」當是指人。此詩我也曾錯解，現在我傾向於認為也是指馮友蘭。「又將新調醉人寰」，很可能指馮友蘭一九六〇年發表〈論孔子〉一文，這些今典釋出，詩意容易貫通。

〈己丑送春陽曆三月廿五日〉

一九四九年三月二十五日，陳寅恪有一首〈己丑送春陽曆三月廿五日〉（第六五頁），全詩如下：

無風無雨送殘春，一角園林獨愴神。
燭照已非前夕影，枝空猶想去年人。
遼西夢恨中宵斷，江左妝誇半面新。
最是芳時彈指盡，蝶蜂飛懶倍沾襟。

文輝兄認為此詩「以殘春比擬國民政府的政治殘局……借傷春表示對時局的感歎。」（上冊第四八二頁），似求之過深。我以為此詩是懷念俞大維、陳新午夫婦的。

「無風無雨送殘春，一角園林獨愴神」是陳詩常見舊句借用，如一九三六年〈吳氏園海棠〉第二首「無風無雨送殘春，一角園林獨愴神」，另有一九三八年〈殘春〉第一首「無端來此送殘春，一角湖樓獨愴神」。

陳詩自注此詩作於一九四九年三月二十五日，我懷疑這個時間可能與俞大維夫婦有關，比如生日一類，陳詩夾註一般多有深意。一九四九年的春節是一月二十九日，三月二十五日是農曆二月廿六日，春節後近兩月，陳詩注明這個日期，在習慣上說「去年」就合情合理了。

陳寅恪全家是一九四九年一月十六日由上海到廣州的。陳女《也同歡樂也同愁》中回憶「舊曆年剛過，九姑夫婦從上海飛往廣州，流求到機場送別。在廣州，父親與姑父母經常見面，深談。這是他們兄妹、表兄弟一生最後的聚會。姑父決定離開大陸，而父親留在廣州的心意已定，兩人在穗也曾多次分析時局，詳談各人行止，今後考慮」（見該書第二三五頁，三聯書店，二〇一〇年）。陳寅恪和俞大維夫婦感情之深，向為人知，分別一年後寫詩懷念，恰在情理之中，這就是「燭照已非前夕影，枝空猶想去年人」。

「遼西夢恨中宵斷，江左妝誇半面新」。文輝兄指出是借唐代金昌緒〈春怨〉典故，暗喻遼瀋戰役，似也求之過深。此典恰合陳新午和俞大維關係，俞大維是軍人，常年在外。此句是轉借「莫叫枝上啼」來寫「枝空猶想去年人」，表達思念陳新午和俞大維之情。

「江左妝誇半面新」如無古典，我理解可能是指俞大維當時的清廉，「半面新」是陳家自己的典故。《也同歡樂也同愁》中有一細節，陳流求印象中「大維姑父出客應酬、開會時，穿著抗戰勝利後才縫製的外衣，雖然很像個樣，穿的內衣卻是用白線縫補過的汗衫」（第二十二頁），當時陳寅恪住在南京俞大維家，此處「江左」借指南京，衣服裡外不同，外面新，裡面舊，可解為「半面新」。

〈霜紅龕集望海詩云「一燈續日月不寐照煩惱不生不死間如何為懷抱」感題其後〉

一九五〇年十二月，陳寅恪有一首絕句，題為〈霜紅龕集望海詩云「一燈續日月不寐照煩惱不生不死間如何為懷抱」感題其後〉，全詩如下：

不生不死最堪傷，猶說扶餘海外王。
同入興亡煩惱夢，霜紅一枕已滄桑。

陳詩中，此詩向為人知。余英時最早解為傅斯年，後有鄧廣銘等人回憶，確證此詩借傅山之作，悼念傅斯年（上冊第五八三頁），但文輝兄不完全認同此解，他判斷是寫「鄭成功與臺灣政權」，他的一個合理解釋是當時傅斯年已去世，如何能與陳寅恪一同入夢？此詩古典向為人知，此不贅述。

此詩也是寫俞大維的。解陳詩想到傅斯年，自然也要想到俞大維（傅斯年夫人是俞大維妹妹），但多數解陳詩者至此不進，因余英時解陳詩推理嚴密，讓人不敢懷疑。以往解陳詩者，多注意陳與傅的關係，較少想到陳家和俞家關係。文輝兄產生懷疑，進了一步，不確信余說，但止於抽象認為「鄭成功與臺灣政權」，沒有坐實。

解陳詩，引入陳家和俞家關係後，聯繫陳寅恪和妹妹陳新午及俞大維感情，理解陳詩的思路就多了一個角度，以往解陳詩重在陳詩的政治意味，這沒有錯，但如果在這個角度外，關注俞大維一家，解陳詩的路就更寬了。

俞大維在德國出生的長子俞揚和是陳寅恪從德國帶回，在陳家成長的（這裡有青年俞大維的一段浪漫故事），妹妹陳新午扶養過，後來她嫁給了俞大維。陳家女兒在《也同歡樂也同愁》中說「父親中年後目盲體衰，尤其在逃難期間，遇到『大難』時，新午姑、大維姑父就會主動申出援手，儘量幫助。這固然是由於親情，更是出於他們夫婦對中華數千年歷史文明的愛戴，認為父親的學術研究對於傳承發揚我國悠久文化起到非常重要的作用，應該給予支持。」（該書第二三五頁，三聯書店，二〇一〇年）。

當年俞大維應李濟邀請在中研究院史語所談陳寅恪時「泣不成聲」，場面十分感人。陳家女兒說「我們姊妹感到，新午姑、大維姑父在大家庭同輩中，與父親最為知心。」他們在記述陳寅恪和俞大維感情時，用了「最最相知」這樣的說法。一九四九年，俞大維決定離開廣州到臺灣時，曾和陳寅恪經常見面深談。陳寅恪一九四九年去留問題中，其實始終有兩個心結，一是沒有聽陳夫人的話，一是沒有聽俞大維的勸說。以往陳寅恪研究中，後一點常為人忽視。

文輝兄注意到，陳寅恪引傅山〈東海倒坐崖〉時（此即望海詩），少了兩句「佛事憑血性，望望田橫島」，因「田橫」借指臺灣太明顯，時俞大維在臺灣軍界任職。「不生不死最堪傷，猶說扶餘海外王」，前句是陳寅恪對自己當時處境的感受，有後悔之意在其中；後句中「扶餘」是古國名，文輝兄解釋詳備，此處借指臺灣，但也可以由此「餘」諧音聯想「俞」，陳詩喜用此技巧，如一九六五年〈高唱〉一詩寫高亭等。此句由自己處境想到遠在臺灣軍界任職的俞大維，然後感慨各自處境是「同入興亡煩惱夢，霜紅一枕已滄桑。」蔣介石對俞大維極厚，俞對蔣極為敬重，而陳對蔣有自己的看法。從詩意感覺，此詩解為寫俞大維較貼切。我猜測陳寅恪詩集中「元夕詩」，多和俞大維一家有關。

《廣雅堂詩集》有詠海王村句云：「曾聞醉漢稱祥瑞，何況千秋翰墨林」昨聞客言，琉璃廠書肆之業舊書者悉改業新書矣

此詩作於一九五一年，全詩如下：

迂叟當年感慨深，貞元醉漢托微吟；
而今舉國皆沉醉，何處千秋翰墨林。

這是陳寅恪的一首名詩，廣為人引。歷來注家甚眾，余英時、胡文輝、蔣寅、徐晉如等，均有索解，徐晉如認為確有所指，當是的論，可惜他想到了錢仲聯。尋得今典，此詩也不難解，這是寫馮友蘭的。

馮友蘭一九四九年後的選擇，向為學界所知。馮友蘭是陳寅恪老友，但讀者如果留意會發現，《陳寅恪書信集》中，沒有給馮的信。上世紀三十年代，陳寅恪為馮友蘭《中國哲學

史》寫過兩篇著名審查報告，對馮著評價很高。陳寅恪為文，極有智慧，他字面敘說與實際所詠極為貼切，但字面又毫不相關，正是這個技藝，讓解陳詩的人常感困惑。

詩題引張之洞「詠海王村詩」，別有深意，此處「海王村」中的「海」，意在引出「海甸」，即清華大學所在地，引張之洞詩「曾聞醉漢稱祥瑞，何況千秋翰墨林」，此處借「醉漢」暗指馮友蘭，「稱祥瑞」，指迎合新時代。兩句意為反諷，這些大學教授真是糊塗。詩題小注「昨聞客言，琉璃廠書肆之業舊書者悉改業新書矣」，「琉璃廠」是舊書肆所在地，此處指當時的清華大學，「琉璃」亦有「清華」之意。意謂馮友蘭等知識份子放棄了獨立性，開始「業新書矣」，其實上世紀五十年代，琉璃廠書肆並沒有賣過新書，「業新書」是放棄獨立性迎合新時代之意，足證陳詩別有所指，「詩題多有深旨」，恰是此意。

「迂叟當年感慨深」，是陳自我感慨，「貞元醉漢托微吟」，此處「貞元醉漢」指馮友蘭。馮友蘭作於一九三七至一九四六年間的著作稱為「貞元六書」。「托微吟」似指陳當年應馮之託，為馮著寫過兩篇審查報告。

《廣雅堂詩集》有詠海王村句云：「曾聞醉漢稱祥瑞，何況千秋翰墨林」
昨聞客言，琉璃廠書肆之業舊書者悉改業新書矣

〈經史〉

〈經史〉是陳寅恪的一首名詩，全詩如下：

虛經腐史意何如，溪刻陰森慘不舒。
競作魯論開卷語，說瓜千古笑秦儒。

關於此詩寫作時間，有兩說。清華版《陳寅恪詩集》繫於一九四九年至一九五〇年之間，三聯版《陳寅恪集．詩集》繫於一九五一年至一九五二年之間。周一良、朱新華斷為一九五〇年或本年暑假稍後（胡文輝下冊第五五一頁）。

我曾認為本詩作於一九五一年後，並以為此詩是對一九五一年五月二十日《人民日報》社論〈應該重視關於電影《武訓傳》的討論〉的感慨。當尋到今典以後，可說這個判斷完全錯了。本詩是寫岑仲勉的。時間以周一良、朱新華判斷較合情理。

岑仲勉一九五〇年一月完成了他在中山大學歷史系的講義《隋唐史》，先以油印形式在校內流傳，一九五四年高教部印出供全國高校內部交流，一九五七年由高教出版社公開出版。

岑仲勉一九四九年後的學術研究中，喜引時人論述，比如郭沫若、史達林等，思想觀念多有趨時之論，如講唐代「門第之見與郡望」一節中說：「猶茲今時土改，旨在剷除剝削，地主如能勞動自活，政府並未嘗加以摧抑也」（《隋唐史》卷一第九二頁，商務印書館，一九五四年），岑仲勉還喜歡現學現用唯物論和辯證法。《隋唐史》講義附錄中即有「試用辯證法解說隋史之一節」。岑仲勉認為「實則一切現象，屬自然的或人事的，無不可應用辯證法以觀察其因果」。文後岑仲勉又引了列寧一段關於辯證法的論述以及其它時論。附錄二「論陳亡之必然性」，開始即講：「唯物論辯證法範疇中有所謂必然性與偶然性，必然性是不可避免地要從事物本質、本身發展出來的現象、事變。偶然性是可有可無的現象，在其一般總過程上說，並不由現象的本質、本身生出來的現象，但可以說是出現於兩個必然事變現象的交叉點上」（同上第六八頁）。如所周知，岑仲勉《隋唐史》講義中對陳寅恪的許多觀點多有駁論，金毓黻《靜晤室日記》中說《隋唐史》「有意與陳氏為難，處處與之立異」（該書第十冊第七一七三頁，遼瀋書社，一九九三年）。

陳寅恪的獨立思想向為人知，他給科學院的答覆即為明證，陳寅恪不信辯證法。在同一大學同一系，岑仲勉《隋唐史》講義中對辯證法的推崇，陳寅恪不會不知。

吳定宇《守望：陳寅恪往事》（中國社會科學出版社，二〇一四年）對卞孝萱一九五八年批評陳寅恪事，雖隱其名，但出語嚴厲，此事其實也涉及陳寅恪和岑仲勉關係。

一九五八年八月十七日《光明日報：文學遺產》第二二二期刊出卞孝萱文章〈與陳寅恪先生商榷「連昌宮詞」箋證問題〉，同年十二月二八日《文學遺產》第二四一期又刊卞孝萱〈對陳寅恪《元白詩箋證稿》的一些意見〉。

近年隨著當年文人往來書信的披露，人們得以知道這些文章當時完成的細部背景。二〇一六年西泠印社春季拍賣圖錄中有一封岑仲勉致卞孝萱的信（《西泠印社中外名人手跡專場》圖錄編號二〇八八，二〇一六年，杭州），從中可看出岑仲勉和陳寅恪關係的一個側面。原信不長，全文引述如下：

孝萱同志：

承示大著，持論甚穩。寅恪兄作品細針密縷，自是不易幾及，然有時設想過曲，遂流於泥。拙對〈連昌宮詞〉，無何研究，特述鄙見，以酬下問：

一、錢氏之說，似比墨莊進一步，批評時或當分開，不應等而視之。

二、陳引樂史之文，意是而言疏，引文後如加一句「當本自舊說，」便甚明白。

三、潭峻如能改五為六，那今皇字亦似應連類而改，又肅代德順，恰五十年，亦参改，陳說顯站不住。玄宗死後（憲、琮死在前）加入贈帝惔，可能湊足六數，但太勉強。究不如說不學無術者，以集名「長慶」，妄改為六，似較近。

四、陳意認「閧」才是正字，「料」也是別字，且俞注應作「閧栱、料栱」，今略去「閧」字，會遭到陳之反詰。（即是俞也不知「閧」為合）。

年譜承賜閱，怕無何補助，但也願安承教也。此候撰祺。

岑仲勉　六、廿一。

原作壁

由岑仲勉信中可知，岑雖對陳寅恪保有尊敬，但具體意見均為否定陳說，幫助卞孝萱駁陳寅恪。由一九五八年八月十七日《光明日報》刊出卞孝萱文章〈與陳寅恪先生商榷「連昌宮詞」箋證問題〉時間推斷，大體可以得知，此信寫作時間應是一九五八年六月二一日。當時卞孝萱在北京工作，他寫完〈與陳寅恪先生商榷「連昌宮詞」箋證問題〉後，曾寄遠在廣州的岑仲勉爭求意見，岑信即是為此而復。但證之後來公開刊出的〈與陳寅恪先生商榷「連昌宮詞」箋證問題〉，可以發現，岑的意見，卞文多數採納，雖沒有直接出現岑信原話，而是直接將原稿中岑指出過的問題刪除了。卞文完成後能想到先寄岑爭求意見，可以判斷卞深知岑與陳在學術上的分歧。

梁承鄴《無悔是書生——父親梁方仲實錄》（中華書局，二〇一六年）中講到早年梁方仲和中山大學老輩學者關係時，提到一個細節。陳寅恪曾給梁方仲贈過一個詩條，抄錄了陳詩〈壬午春日有感〉。原詩是「滄海生還又見春，豈知春與世俱新。讀書漸已師秦吏，鉗市終須避楚人。九鼎銘辭爭頌德，百年麤糲總傷貧。周妻何肉尤吾累，大患分明有此身」（第三十五頁）。詩後有陳寅恪一段話：「尊作有真感情，故佳。太平洋戰後弟由香港至桂林曾賦一律。仲勉先生時在李莊，見之寄和一首，不知尚存其集中否？和詩僅記一二句，殊可惜也。拙作附錄，以博一笑。方仲兄　弟寅恪敬啟　十月十六日」（第二二二頁）。

原詩條無具體年份，梁承鄴判斷為「抄送時間以一九六一年的可能性可能更大些」。梁說：「一九六一年十月七日岑仲勉辭世，我父曾寫了悼詩，陳氏看悼詩後（也可能包括先父在李莊時期，曾用陳氏詩韻所做的舊詩），認為『有真感情』，勾起與岑氏過往交誼的回憶，特地抄出與岑氏曾寄和過的一首舊詩贈先父並表達對岑氏辭世的悼念。同時，也不排除有藉送此詩抒發心曲的可能性。」

我以為梁承鄴判斷準確，雖未多言，但他敏感察覺到了陳、岑關係的微妙處。梁書使用了影印件。陳詩〈壬午春日有感〉，陳集原詩題為〈癸未春日感賦〉，詩後注明「一九四三年春」而「壬午」為一九四二年，時間詩題略有差別。

在陳寅恪詩中，此詩因旁涉史料豐富，已無爭議。文輝兄古典今典早已詳釋。現在的問題是岑仲勉去世後，陳寅恪何以要重抄當年舊詩給梁方仲，其中「心曲」為何？其實還是岑仲勉在《隋唐史》講義中對陳寅恪多有批評，即金毓黻《靜晤室日記》所言岑仲勉《隋唐史》「有意與陳氏為難，處處與之立異」。比如陳寅恪高度評價韓愈在古文運動中的作用，而岑仲勉在《隋唐史》講義「編纂前言」中即不點名批評陳寅恪。岑仲勉說「蘇軾稱文起八代之衰，今之人更推愈為革命鉅子，此以名家之言而漫不加察者也。由駢文轉為散文，高武間陳子昂實開其先，唐人具有定論，繼陳而起之散文作家，實繁有徒，下逮韓柳，完全踏入鍛煉之途，唐文至此，已登峰造極，稍後，即轉入樊宗師之澀體，終唐之世，無復有抗衡者。歐陽修作文重簡（如《新唐書》）煉（如〈醉翁亭記〉），故盛推韓，由今觀之，韓可謂『散文之古文』。去古愈遠，然可信當時一般人讀之，亦非明白易曉者。故推究唐文改革，分應附於高武之間，以糾正九百年來之錯覺，此又歷史時間性不可抹殺之一例」（《隋唐史》第四頁，高等教育出版社，一九五八年）。

岑仲勉後又在《隋唐史》第十七節「文字由駢體變為散體」中再次重複同樣的話，並在注解中直說：「吾人批判，要需看實行如何，若唯執一兩篇文章，便加推許，則直相皮而已」（同上第一八〇頁）。

陳寅恪講李唐先世源流，岑仲勉也不認可，而說「陳氏之說，殊未可信」（同上第九十二頁）。岑仲勉《隋唐史》中駁難陳寅恪的具體事例，項念東《二十世紀詩學考據學之研究——以岑仲勉陳寅恪為中心》一書曾詳列表格明示（見該書第五七—六一頁，安徽教育出版社，二〇一四年），此不具引。

岑仲勉《隋唐史》除正文中對陳寅恪多有駁難外，注解中有些批評，可能讓陳寅恪在感情上受到了傷害。比如關於「開遠門為安遠門」一事考證完結後，岑仲勉溢出考證，說了這樣的話：「明是字訛失檢，卻不惜以意逆臆，且更詡為精密，實屬是非顛倒」（同上第三七四頁）。另外如關於安史之亂的評價，岑仲勉認為：「善戰與否（就正義之戰立論），需以愛國思想及經常訓練等為先決條件，陳氏獨謂『安史之徒乃自成一系統最善戰之民族，在當日軍事上無與為敵』，則未免陷入唯心論。且更違反祿山亦常敗衄之現實也」（同上第二六四頁）。

我認為陳寅恪一九五一年絕句〈經史〉和一九五二年春絕句〈詠校園杜鵑花〉均暗指岑仲勉。梁承鄴提供的這一細節，似可作一旁證。岑仲勉在隋唐史諸問題上對陳寅恪的駁難，陳寅恪雖在後來有些文章中有所涉及，但從未直接回應。聽到岑仲勉辭世後，陳寅恪內心一定有物傷其類之感。

〈壬午春日有感〉，文輝兄釋讀甚詳，此不備錄。全詩整體意思是在專制情況下，讀書人為了活下去，做點「八股文章試帖詩」和「宗朱頌聖」一類的事，以免殺身之禍，實為不得已。我理解陳寅恪詩贈梁方仲，是表達對岑仲勉批評的涼解，也略含對當年曾詩諷岑仲勉的歉意。這也許就是陳寅恪的「心曲」吧。

以往解陳詩文章，對此詩爭論頗多，但最後綜合余英時、朱新華、胡文輝等人意見，將「虛經」和「腐史」聯想《列子》和《史記》典故，認為此詩暗指「馬列」，似成定論。此證成立，但它對應的卻不是一個抽象觀念，而是具體指岑仲勉用唯物辯證法來研究中國歷史的事實。

「溪刻陰森慘不舒」用《世說新語・豪爽》典故，桓溫讀〈高士傳〉，至於陵仲子，便擲去曰「誰能作此溪刻自處」，「溪刻」是苛刻、刻薄之意，恰合陳寅恪讀《隋唐史》講義情景。「魯論」後世借指《論語》，為讀書人的課本，此處是「講義」之意，代指岑仲勉《隋唐史》。「開卷語」，文輝兄聯想「學而時習之」為《論語》第一句，解為當時「學習馬列的風氣」，意到而史未到，其實就是指《隋唐史》講義「編纂簡言」。

「說瓜」一典，文輝兄指出，源自衛宏《詔定古文尚書・序》：「秦既焚書，恐天下不從所改更秦法，而詔諸生，到者拜為郎，前後七百人，乃密種瓜於驪山陵谷中溫處，瓜實成，詔博士諸生說之，人言不同，乃令就視，為伏機。諸生賢儒皆至焉，方相難不決，因發機，從上填之以土，皆壓，終乃無聲。」

陳詩之意謂知識份子如果沒有獨立思想，簡單趨時，最後結局可以想見。以往解陳詩，因受余英時先生影響，思路多偏向抽象政治，但此路如不通向具體人事，則陳詩還是不得確解，往往與詩意不合。解陳詩，尋得岑仲勉今典，陳寅恪的許多「謗詩」就易解了。

〈詠校園杜鵑花〉

一九五二年春，陳寅恪有一首絕句〈詠校園杜鵑花〉（第八十七頁）：

美人穠豔擁紅妝，嶺表春回第一芳。
誇向沉香亭畔客，南方亦有牡丹王。

文輝兄《陳寅恪詩箋釋》只注此詩古典，未涉今典。此詩是寫岑仲勉的。舊詩有以花及美人為喻習慣，此是中國文化常識。陳寅恪當時已雙目失明，校園有無花開花落，其實他並不關心。如果此詩就字面理解，毫無意義。

陳寅恪和岑仲勉是中國隋唐史研究的兩座高峰，兩人關係正常，彼此尊重，因在同一領域，著述中互有引證。一九四九年後，陳、岑又在同一大學同一系，但我們從諸多回憶文章中可察覺兩人基本沒有來往。

岑仲勉一九五〇年在中大印行講義《隋唐史》，「有意與陳氏為難，處處與之立異」。岑仲勉當時推崇辯證法，而陳寅恪對此很反感。上世紀三十年代初，陳寅恪〈與劉叔雅論國文試題書〉中就直接講過「平生不解黑智兒（一譯黑格爾）之哲學，今論此事，不覺與其說暗合，殊可笑也。」到了一九六五年，陳寅恪為此文寫「附記」時還說：「又正反合之說，當時唯馮友蘭君一人能通解者。蓋馮君熟研西洋哲學，復新遊蘇聯返國故也。今日馮君尚健在，而劉胡並登鬼錄，思之不禁惘然！是更一遊園驚夢矣」（《陳寅恪集‧金明館叢稿二編》第二五五、二五七頁）。此即後來陳寅恪給科學院答覆的源頭，他不信辯證法。

在同一大學同一系，岑仲勉《隋唐史》講義中對辯證法的推崇，陳寅恪不會不知。明瞭這個背景，再讀陳寅恪詩，即會明白其中的寓意。

當時北京已有陳寅恪早年清華同事馮友蘭的順時而變，現在廣州陳寅恪早年史語所同事岑仲勉也首先表態，用辯證法來解釋隋唐史，此即「美人穠豔擁紅妝，嶺表春回第一芳」之意。「誇向沉香亭畔客」是化用李白〈清平調〉「名花傾國兩相歡，常得君王帶笑看。解釋春風無限恨，沉香亭北倚欄杆」之意，岑仲勉是唐史專家，此處用「沉香亭畔客」借指唐史研究者，語意精妙。「南方亦有牡丹王」易解，但關鍵是一「亦」字，我理解是以北方馮友蘭對指岑仲勉。

〈男旦〉

〈男旦〉作於一九五二年，全詩四句：

改男造女態全新，鞠部精華舊絕倫；
太息風流衰歇後，傳薪翻是讀書人。

我原來也理解為章士釗，後結合陳寅恪對馮友蘭的看法，我判斷也是指馮友蘭。「鞠部」是戲班別稱，還是借用「梅蘭芳」引出「男旦」，暗喻「馮友蘭」，「太息風流衰歇後」，此處「風流」不是習語，而是特指一九四四年九月馮友蘭〈論風流〉，此文曾風行一時。文中多用《世說新語》典故，陳寅恪最熟悉此書，當時陳寅恪在成都燕京大學，瞭解此文的社會反響。此今典釋出，後一句即易於理解。陳詩明用梨園習語，語極平常，但語語皆有深意。

陳寅恪一九五一年〈文章〉一詩，所指向無定說。我也曾認為是指章士釗，但釋出梅蘭芳後，我感覺此詩也指馮友蘭。「八股文章試帖詩，宗朱頌聖有成規；白頭宮女哈哈笑，眉樣文章又入時。」此詩「白頭宮女哈哈笑」一句，另一錄稿是「白頭學究心私喜」，恰合馮友蘭當時身份，可能過於直白，定稿未用。

關於陳寅恪的這幾首詩，劉大年女兒劉潞曾提供過一個材料，胡文輝書中有詳細引述。一九五三年，汪籛曾將幾首陳詩帶給鄧之誠。後由翦伯贊注解，曾刊在中宣部內部刊物上，我曾查閱上世紀五十年代初中宣部內刊《宣傳動態》，沒有發現，或在其它內刊上。鄧之誠判斷，這是陳先生謗詩，此點廣為人知。如果確有翦注，日後檔案解密，此詩本事有可能釋出。

一九五四年十二月，潘伯鷹有一首詩〈寄平伯〉，全詩如下：「絕代佳人淡冶妝，綃衣空谷九秋涼。蛾媚侵鬢痕禁細，鳳紙傳心語苦長。針線遲縫中婦怒，羹湯熱畏小姑嘗。人間合剩江南月，解照蒹葭月上霜。」

一九八七年新加坡版《玄隱廬詩》和二〇〇九年黃山書社版《玄隱廬詩》均收此詩，並在詩題後有一注釋「平伯以所著紅樓夢書獲譴」，所以此詩寫一九五四年批判俞平伯及《紅樓夢研究》運動無疑。劉夢芙在黃山版《玄隱廬詩》前言中特別解釋了此詩，以為詩借王建名詩隱寓現實處境並表達對俞平伯的慰問。但《吳宓日記》續編一九五四年十二月二十日中記載，許伯建當時抄錄三首潘伯鷹近詩給吳宓，其中有此詩，但詩題不是〈寄平伯〉，而是〈寄某君〉。許伯建認為此詩「多用曲筆」，吳宓認同許伯建看法，還特別提出「某君當是孤桐章士釗行嚴」（該書第二冊第八十四頁，三聯書店，二〇〇六年）。因當時許伯建抄詩中沒有詩題後「平伯以所著紅樓夢書獲譴」一語，所以許和吳都沒有判斷出此詩是寫俞平後和《紅樓夢》批判運動，而吳宓則猜到了章士釗。章士釗和潘伯鷹有深交，而吳宓的聯想則可能是由「絕代佳人淡冶妝」一語引出。聯想陳寅恪〈報載某會中有梅蘭芳之名戲題一絕〉「蜂戶蟻封一聚塵，可憐猶夢故都春；曹蜍李志名雖眾，只識香南絕代人。」此詩我先猜章士釗，後又猜馮友蘭，偶然看到吳宓的判斷，我感覺「絕代佳人」和「香南絕代人」的說法似乎不無聯繫。

〈偶觀《十三妹》新劇戲作〉

一九五二年，陳寅恪有〈偶觀《十三妹》新劇戲作〉詩一首，原詩如下：

塗脂抹粉厚幾許，欲改衰翁成姹女；
滿堂觀眾笑且憐，黃花一枝秋帶雨；
紅柳村中怪事多，閒人燕北費描摹；
周三狡計原因爾，鄧九甘心可奈何。

因為此詩作於一九五二年，歷來解陳詩的人，都判斷出了本詩暗含的意義，至於「衰翁」具體何指，各家意見可以共存，是陳垣？還是代指當時北京名校教授？皆可從。本詩余英時、劉夢溪、胡文輝都有解說。古典，胡文輝解得非常準確細緻，但今典，我以為還可細說。

一九五二年九月二九日，知識份子思想改造運動興起後，周恩來受中央委託，向京津高校教師作〈關於知識份子的改造問題〉的報告。同年十一月三十日，中共中央發出〈關於在學校中進行思想改造和組織清理的指示〉，要求在學校教職員和高中以上學生中普遍開展學習運動。號召認真學習馬列主義、毛澤東思想，聯繫實際，開展批評和自我批評，進行自我教育和自我改造；運動的目的主要是分清革命和反革命，樹立為人民服務的思想。此後運動由教育界逐步擴展到文藝界和整個知識界，一九五二年秋基本結束。陳寅恪內心對思想改造非常反感。周恩來〈關於知識份子的改造問題〉報告，講到思想改造不能強迫時，提到兩個人，一個是南開大學校長張伯苓，一個是剛從臺灣取道法國由香港回到中國的地質學家、國民政府行政院長翁文灝，他當時是中共的「戰犯」之一。

陳寅恪借戲中人物，暗示當時「知識份子的馴服」（胡文輝語），注意尾聯：「周三狡計原因爾，鄧九甘心可奈何。」

周三本是戲中角色，名為周得勝，本是綠林人物；鄧九名為鄧九公，在劇中是一位老英雄。周得勝因早年劫鏢失手上門尋仇，要鄧九公補償損失，並扮演女子公開亮相，鄧九公被激不過，約定比武論輸贏，因年邁力衰，幾為所敗（情節敘述，全引自胡文輝著作）。

陳寅恪明白知識份子改造本就是一個騙局，所以順便用了《十三妹》中的這個情節，發出如此感歎。周三暗指「周恩來」，鄧九暗指「翁文灝」。戲中角色與二人經歷相合處頗多。如果再深說一下，周恩來早年在南開讀書時演過戲，也是男扮女裝，而「翁」字上面是一個鄧九公的「公」字。

據石泉回憶，陳寅恪早年在德國讀書時曾和周恩來相識，當時俞大維也在德國。據陳家兒女回憶，一九四九年陳寅恪在廣州時，多次與俞大維深談。一九四六年國共停戰時期，當時軍調部的共方代表是周恩來、國民黨方面的代表有俞大維。歷史關鍵時刻，老友相談，可能會憶及當時一些重要人物，這是人之常情。

陳寅恪有玩文字遊戲的習慣，「對對子」是他終身愛好，這已廣為人知。在大背景確定的前提下，由陳詩中尋出與詩意有關的暗示，哪怕流於穿鑿附會，在學術研究中，也不能說沒有意義。

〈項羽本紀〉

〈項羽本紀〉：

> 左轉前行陷澤中，沐猴方始歎途窮。
> 如何爛熟儀秦傳，未讀重瞳紀一通。

本詩作於一九五二年。胡文輝認為「主旨晦澀難明」，他試解為是對「蔣介石的評說」（下卷第六六九頁），但明確提示為「聊備一說」。

陳詩有個特點，凡詩題標明古典的，今典都極晦澀，而標題不出古典，則知古典大體即能判斷今典。詩題〈項羽本紀〉，等於明示本意肯定即在此文本中，如不能尋得今典，則完全無解，而一旦尋得，則不難索解。陳寅恪箋釋錢柳詩，曾明示過「自注必有深旨」，其實陳寅恪晚年詩，詩題也多有深旨。

判斷此詩指蔣，我以為思路方向可能不符陳詩本意。陳對蔣的態度，在當時環境下，一般不大可能引出如此感想。陳寅恪的父親陳三立對蔣介石評價很高，吳宗慈早年寫陳三立簡傳時曾有記述。陳寅恪一生最密的朋友俞大維也對蔣極為敬重。這些不可能對陳沒有影響。陳當時的思想情感集中在時代轉換中對「新政權」的敏感，所以此詩本意需向這方面搜尋。〈項羽本紀〉廣為人知，陳詩如果不隱此詩本意，則一覽無餘，所以古典對此詩已不重要，重要的是今典。

此詩實寫張東蓀。張東蓀事件發生在一九五二年前，於本詩所寫時間相合，當時此事驚動中國知識界，以常理判斷，陳寅恪不會不知。符合「時間限斷」和「聞見之可能」的一般邏輯。

「左轉前行陷澤中」。幾乎每字均在〈項羽本紀〉中。但實指張東蓀以自由教授身份，一九四九年北平圍城期間，他當了說客，據說毛澤東曾說他是「北平解放第一人」。此處「左」、「澤中」，均為〈項羽本紀〉中原語，陳詩以此暗示張東蓀和毛澤東的關係。

「沐猴方始歎途窮」。此典也在〈項羽本紀〉中，當以「沐猴而冠」成語解，是責備張東蓀失去了獨立性，投靠了權勢，張曾任中央人民政府委員。接下來的「如何爛熟儀秦傳，未讀重瞳紀一通」，就易解了。

張是著名大學教授，對中國文化有深厚修養，飽讀詩書，但在歷史關鍵時刻，卻成了蘇秦、張儀一流角色。陳詩關鍵在借〈項羽本紀〉中項伯與張良典故，暗指張東蓀在北平和談時的行為，可用「幫倒忙」來解。項伯知道項羽準備進攻劉邦，危難之際，項伯想到了時在劉邦手下的張良，張良曾有恩於項伯。項伯連夜趕至灞上，要張良和他一起離去，而張良以危難時棄人而逃為不義，便將此事告知劉邦。項伯出於朋友之情，實向政敵之友洩露了軍中最高機密，此決定了項羽後來的命運。陳詩〈項羽本紀〉，有意讓人聯想項羽的命運，其實他的本意是對張東蓀命運的沉痛感慨！

〈答北客〉

〈答北客〉是陳寅恪一九五三年寫的一首名詩。全詩如下：

多謝相知築兔爰，可憐無蟹有監州；
柳家既負元和腳，不採蘋花即自由。

本詩歷來注家甚眾。於古典早已一一查實，於今典也大體尋出，解釋雖稍有差異，但不出陳寅恪不就科學院歷史所二所所長本事。「北客」不外兩解，一是具體人（如李四光、汪籛等）；二是北京當局（以上諸家意見不一一指出，可參胡文輝下冊第七四二頁）。

注家對「北客」的理解，似有求之過深之嫌，其實此處的「北客」即章士釗。

胡文輝指出過，陳寅恪詩中有三處用過「北客」，另兩處是一九五〇年〈庚寅人日〉中的「催歸北客人終怯」和一九六五年的「節物翻縈北客思」，他認為「北客」是陳寅恪自況，似可商。

歷來注〈答北客〉者，忽視了陳寅恪早年曾用過「北客」一詞。一九三九年陳寅恪在《清華學報》發表〈讀哀江南賦〉，該文下篇解釋庾子山作賦的直接動機與沈初明〈歸魂賦〉有關。陳寅恪說：「何況初明失喜南歸之作，尤為子山思歸北客所亟欲一觀者耶？」（《陳寅恪史學論文選集》第四六四頁，上海古籍出版社，一九九二年）。「北客」作為普通詞彙，向無固定成解，一般與行文作者處境相應。子山經喪亂後流落北地，其處境恰與章士釗處境相合。所以解「北客」為「北京當局或北京當局派來的說客」，似欠準確。也就是說，陳詩「多謝相知築菟裘，可憐無蟹有監州。柳家既負元和腳，不採蘋花即自由。」主要是對章士釗而言。本詩後兩句，套用了柳宗元「春風無限瀟湘意，欲採蘋花不自由。」歷來解為陳寅恪辭不赴京，體現其「獨立思想，自由精神」。其實此處「柳家」係指章士釗，章士釗少年時喜讀柳宗元文章，晚年撰寫《柳文指要》。陳詩中凡帶「柳」字時，多與章士釗相關。陳寅恪借柳詩「春風無限瀟湘意」來暗指章士釗和毛澤東的關係。「瀟湘」可引人聯想到湖南人，聯想到韶山。

一九五二年十二月二日，陳垣致楊樹達函中曾說：「來示謙欲法高郵，高郵豈足為君學？況我公居近韶山，法高郵何如法韶山？」此係勸楊樹達不光要鑽研學術（高郵二王）還要學點韶山思想。楊樹達曾將此意轉達陳寅恪。一九五三年一月二日，陳寅恪致楊樹達信中說：「援老所言，殆以豐沛耆老、南陽近親目公，其意甚厚。弟生於長沙通泰街周達武故宅，其地風水亦不惡，惜勵耘主人未知之耳。」（《積微居友朋書札》第一四八、九七頁，湖南教育出版社，一九八六年）。

「豐沛耆老、南陽近親」指漢高祖劉邦和光武帝劉秀，此處係用帝王代指韶山。明示自己生在「風水亦不惡」的湖南，意謂我懂得的韶山是何人，可惜垣老不很瞭解。「柳家既負元和腳」是說你章士釗既然辜負了早年的思想，而我不願意做那樣的選擇。

〈貧女〉

陳寅恪一九五四年秋有一首詩，名為〈貧女〉：

綺羅高價等珠璣，白疊雖廉限敢違；
幸有阿婆花布被，挑燈裁作入時衣。

歷來解陳詩者，多未尋出其今典，所以眾說紛紜。余英時解為新政權逼陳為文，胡文輝解為暗諷「統購統銷」政策（下冊第八一八頁），似皆可商。

此詩實寫陸侃如、馮沅君夫婦一九五四年修改舊作，批判胡適。詩題〈貧女〉命意，是由馮引出陸。此詩題後有陳自注「甲午季秋」，「季秋」意謂為深秋，時在農曆九月，用西元紀年，應在十月左右了。陳詩此注的意思是提醒本詩的「時間限判斷」，如果「時間限斷」不清，則陳詩寓意難明。

陸侃如和馮沅君夫婦是著名教授，當時都在山東大學。陸侃如一九二七年清華國學院畢業，是陳寅恪的學生。一九五四年由批判俞平伯《紅樓夢研究》引出了批判胡適思想運動，此事發源地與山東大學有關，李希凡、藍翎是山東大學畢業的學生，文章刊在山東大學學報《文史哲》雜誌上，陸侃如、馮沅君都寫過批判胡適的文章。一九五四年《文藝報》第二一期刊出陸侃如〈胡適反動思想給予古典文學研究的毒害〉，一九五五年七月號《文史哲》刊出馮沅君〈批判胡適的「西遊記考證」〉。

陳寅恪一生最敏感學生背叛自己所立「獨立精神，自由思想」的信條，他的名言是「從我之說即是我的學生，否則即不是」。陸馮夫婦，上世紀五十年代初非常積極配合新時代，可能引起了陳的反感。陸馮名著《中國詩史》、《中國文學史簡編》均完成於上世紀三十年代，但一九四九年後他們迎合時代，用新觀點來修改自己的舊作，後在《文史哲》雜誌連載，此事在一九五四年年「季秋」前（注意此時間），陳寅恪不會不知。

最讓陳反感的可能還是陸馮均出身北大（馮是北大研究生），都是胡適的學生。一九二九年，陸馮在上海公學時，胡適是校長，陸是中文系主任，馮是同系教授。他們創辦的《中國文學季刊》創刊號刊名即為胡適所題。陸馮早年著作受胡適《白話文學史》影響很深，但修改舊作時刪除了胡適的引文並有批判。（許志傑《陸侃如和馮沅君》第九三頁，山東畫報出版社，二〇〇六年）。一九五六年作家出版社《中國詩史》再版「自序」中講得非常明確。

瞭解這個背景後，我們再來解陳詩就很容易了。「綺羅高價等珠璣」，是指陸馮早年兩本名著，今天總算有了好價錢，指舊作在新時代受寵，有待價而沽之意。「白疊雖廉限敢違」，「白疊」古典，胡文輝已查出為「棉布」之意，此處借「白」引出胡適《白話文學史》，指胡適和他的著作，價廉物美（陳對胡適著作的評價），但受到限制，不敢賣了（刪除胡適引文和觀點）。後兩句不言自明。「幸有阿婆花布被」，「阿婆」指馮沅君，「花布」指早年兩本舊作。「挑燈裁作入時衣」，指陸馮夫婦及時刪改自己的舊作來迎合新時代。

本詩借用秦韜玉〈貧女〉詩題，同時也借用此詩歷來的寓意。陳詩最後兩句靈感即源於「苦恨年年壓金線，為他人作嫁衣裳」。〈貧女〉之後，陳寅恪有〈無題〉一首寫批判胡適運動中知識份子的表現，余英時、胡文輝已有確解，可資互證。

〈乙未人日〉

〈乙未人日〉是陳寅恪一九五五年一月寫的一首七律。歷來解陳詩者，都認為此詩是由批判胡風運動和批判俞平伯《紅樓夢研究》而引出的感慨。全詩如下：

> 嶺南此日思悠悠，愧對梅花六歲留。
> 廢疾久遮今世眼，登臨猶發古時愁。
> 畫符道士翻遭祟，說夢癡人總未休。
> 節物不殊情緒異，阿龍何地認神州？

本詩在陳詩箋釋中，爭議較少，因為詩並不難懂。古典用了《世說新語》中王導典故，胡文輝解釋極詳，此不備錄。

本詩關鍵在「畫符道士翻遭祟，說夢癡人總未休」兩句，解為批判胡風和批判《紅樓夢研究》似皆可通，但「畫符道士翻遭祟」當是指張東蓀事件。

此詩作於一九五五年一月。當時批判胡風，還只在範圍較小的意識形態機關內部。從邏輯上判斷，陳寅恪有可能知道這個資訊，但批判胡風運動廣為人知，是本年五月後的事。從陳寅恪內心和他關注問題的重心判斷，似以張東蓀事件更為貼切，不僅時間相合，與事件當事者角色也相合。張當時是謀士身份，喻為「畫符道士」極貼切，他後來因「間諜案」被打入另冊，恰是「翻遭祟」，陳詩中關於張東蓀事件的感慨很多。

「說夢癡人總未休」，解為批判《紅樓夢研究》事件，應無疑義。但似可再作申說，此是指李希凡和藍翎的。

當時陳寅恪的兩個學生陸侃如、高亨，都在山東大學，他對山東大學學報《文史哲》很關注。陸侃如、馮沅君最早修改舊作和批判胡適的文章，即刊於《文史哲》，陳寅恪曾有〈貧女〉一詩批評他們。一九五四年九月，《文史哲》發表李希凡、藍翎批判俞平伯的文章〈關於《紅樓夢簡論》及其他〉，同年十月十日，《光明日報》發表李、藍文章〈評《紅樓夢研究》〉，同年二四日，李希凡、藍翎又刊出〈走什麼樣的路？——再評俞平伯先生關於《紅樓夢》研究的錯誤觀點〉。「說夢癡人總未休」，恰合這個事實。

陳寅恪不喜歡談抽象問題，晚年詩文中批評學生和朋友，雖追求用語遣詞之妙，但均可查出具體人事，一般不泛指，也就是說，都可坐實「今典」。

〈乙未七夕讀義山馬嵬詩有感〉

一九五五年八月，陳寅恪有一首〈乙未七夕讀義山馬嵬詩有感〉，全詩如下：

義山詩句已千秋，今日無端共一愁。
此日誰教同駐馬，當時各悔笑牽牛。
銀河淺淺褰難涉，金鈿申申詈未休。
十二萬年柯亦爛，可能留命看枰收。

胡文輝認為「此篇辭淺意晦，所指未詳」，他判斷為是「國共兩岸對峙」。（下冊第八八五頁）。胡文輝對解陳詩貢獻最著，他解陳詩極為審慎，如無鐵證，一般均存疑問。我是外行，比較大膽，以猜測為先，只能有些思路方面的意義，不足為法。我確實是用猜謎的方法解陳詩，我來試解。

此詩寫陳寅恪夫婦一九四九年為去留問題而爭執一事，全詩為陳寅恪後悔的感慨。

陳寅恪夫婦一九四九年的去留問題，最早是蔣天樞《陳寅恪先生編年事輯》中提到的。這個問題曾有爭論，但經胡文輝、張求會多年努力，鐵證如山，已解決了。這個問題可以簡單表述為：一九四九年，傅斯年要陳寅恪夫婦趕緊離開，出走臺灣。陳夫人要走，陳寅恪不走。文革時陳寅恪第七次交待中的說法是：「我堅決不去。至於香港，是英帝國主義殖民地。殖民地的生活是我平生所鄙視的。所以我也不去香港。願留在國內。」（《陳寅恪先生編年事輯》增訂本第一四七頁，上海古籍出版社，一九九七年）。

一九九七年，余英時再版《陳寅恪晚年詩文釋證》，寫〈書成自述〉，首次披露李玉梅信，轉述陳寅恪女兒陳小彭對余英時早年研究陳寅恪的評價，一為陳說過「作者知我」；一為「陳老夫婦確曾有為去留而爭執之事」（《陳寅恪晚年詩文釋證》第三二頁，東大圖書公司，二〇一一年）。

有了這個事實，再來解這首陳詩，似乎就有思路了。時間已到一九五五年，經過幾年的觀察，陳寅恪對自己當年的選擇感覺後悔，他認為陳夫人的直覺和判斷是正確的，也就是走為上。

七夕是陳唐結婚紀念日，所詠感情應為夫妻間私事引起，較合情理。李商隱〈馬嵬〉第二首原詩是：「海外徒聞更九州，他生未卜此生休。空聞虎旅傳宵柝，無復雞人報曉籌。此日六軍同駐馬，當時七夕笑牽牛。如何四紀為天子，不及盧家有莫愁。」

借唐詩抒發自己感情，是陳詩常用手法。陳寅恪用得極為嫻熟、貼切，此詩極合陳寅恪當時處境。有意謂的是最後兩句：「如何四紀為天子，不及盧家有莫愁」，原詩有皇帝不如貧民幸福之意，但陳詩由此發出的感慨卻可以解釋為，我堂堂歷史學家，卻不如陳夫人一個家庭婦女（陳夫人無公職）。

循此思路再讀陳詩「義山詩句已千秋，今日無端共一愁」，感慨當年沒有走；「此日誰教同駐馬，當時各悔笑牽牛」，是說當時一個願走一個願留，害怕分開，但現實是當時分開也比現在強，那也只是一人受難；「銀河淺淺褰難涉，金鈿申申詈未休」，前一句是陳寅恪自責，如此簡單的決定，我都下不了決心，臺灣香港與廣州真是「銀河淺淺」，抬腿即走；後一句，金鈿原指玄宗、玉環定情之物，此處代指陳夫人，言陳夫人不停抱怨陳先生。

最後兩句「十二萬年柯亦爛，可能留命看枰收」，是無奈感歎，只能留下永遠的悔恨了。

〈丙申春日偶讀杜詩「唯見林花落」之句戲成一律〉

陳寅恪一九五六年有詩〈丙申春日偶讀杜詩「唯見林花落」之句戲成一律〉，全詩如下：

林花天上落紅芳，飄墮人間共斷腸；
阿母筵開爭罵座，太真仙去願專房；
按歌未信宮商換，學舞端憐左右忙；
休問大羅雲外事，春陰終護舊栽棠。

胡文輝依余英時早年解陳詩的思路，判斷為這是寫「蘇共二十大與赫魯雪夫」，似可商。本詩寫文字改革及推廣普通話事件。

解陳詩，有個前提，就是對引發陳詩寫作的時代事件有基本判斷。詩言志，陳詩多是對當時中國社會事件引發的感慨，中心在政治、文化、自己早年學生變節及高級知識份子的進退出處。另外就是對自己一九四九年去留選擇的感慨及對妹妹陳新午、表弟俞大維的懷念等。

陳寅恪失明在中年以後，他的思想和知識已完全成熟穩定。解陳詩，需對陳的資訊來源有較為明晰的認識。陳的資訊來源，一般說有三個管道：一、陳是政協委員，也是當時的學部委員。而這兩個機構，依中共習慣，會有一些內部文件和資料寄達（多數看後收回），這個資訊管道有內部性質，特點是相對公開信息時間較為提前，再就是內容相對細緻。二、廣播和報刊的公開信息。三、友朋間的傳聞。陳的習慣是依靠助手聽讀。

本詩題明示「丙申春日」，恰合一九五六年一月二七日，中共中央〈關於文字改革工作問題的指示〉發佈的時間，當時確定的文字改革方針是：「漢字必須改革，漢字改革要走世界文字共同的拼音方向，而在實現拼音化以前，必須簡化漢字，以利目前的應用，同時積極進行拼音化的各項工作。」這個方針是按毛澤東指示規定的，包括文字改革的目標和步驟，目標是拼音化方向，步驟是首先簡化漢字，同時進行拼音化的準備工作。準備工作主要有兩項，一是推廣普通話，一是制定中文拼音方案。

從一九五六年一月一日起，中國報刊實行了橫排橫寫。一月三一日，《人民日報》發表〈漢字簡化方案〉。二月六日，國務院發佈〈關於推廣普通話的指示〉。二月十二日，《人民日報》發表了〈中文拼音方案（草案）〉和〈關於擬訂中文拼音方案（草案）的幾點說明〉。

這個今典釋出後，此詩並不難解。余英時曾指出，本詩用傳統的「感春」「落花」體裁，即表面借詠花事而寓意特殊情感。陳寅恪對文字改革的鮮明態度，向為學界所知，他曾明示自己的著作一定要繁體豎排，否則寧可不出。

「林花天上落紅芳，飄墮人間共斷腸」，是聞知文字改革已成定局後的沉痛感慨。

「阿母筵開爭罵座，太真仙去願專房」，是指一九五六年一月，中共中央召開的知識份子問題會議。本年一月二十日，在這次會議上，中國文字改革委員會主任吳玉章作了關於文字改革的發言。接著毛澤東講話，表明了他放棄中文拼音採用民族形式自創字母的主張，而轉回到了他曾經贊成過的採用拉丁字母的態度。「太真仙去願專房」是用唐明皇楊貴妃典故，借指文字改革的單一方向。「按歌未信宮商換，學舞端憐左右忙」，是指不信文字改革能成功，周圍持此主張的人是瞎忙亂。「休問大羅雲外事，春陰終護舊栽棠」，「大羅天」是道教成語，意謂最高最廣之天。兩句詩意似可理解為，中國文化傳統有它的生命力，上天也會地保護「舊栽棠」的，寓意文字改革不可能成功。陳寅恪歷來持有中國文化本位主義的觀念，此詩恰是借詠花之事，發出他對觸動中國文化根基的文字改革的反感。

〈戲題余秋室繪河東君初訪半野堂小影〉

陳寅恪一九五六年有一首〈戲題余秋室繪河東君初訪半野堂小影〉原詩如下：

弓鞵逢掖訪江潭，奇服何妨戲作男。
詠柳風流人第一，畫眉時候月初三。
東山小草今休比，南國名花老再探。
好影育長終脈脈，興亡遺恨向誰談。

胡文輝解為「柳如是詠寒柳詞」（下卷第九三八頁），似可商。此詩寫章士釗。一九五六年春，受毛澤東之託，在周恩來具體安排下，七十五歲的章士釗前往香港進行統戰工作。第二年，劉景堂印出《章孤桐先生南遊吟草》（下引章士釗詩在第二、三頁），內收贈陳寅恪詩兩首，第一首題為〈陳寅恪以近著數種見贈《論再生緣》尤突出酬以長句〉

原詩如下：

嶺南非復趙家莊，卻有盲翁老作場。
百國寶書供拾掇，一腔心事付荒唐。
閑同才女量身世，懶與時賢論短長。
獨是故人來問訊，兒時骯髒未能忘。

第二首為〈和寅恪六七初度謝曉瑩置酒之作曉瑩寅恪夫人唐女士字女士維卿先生（景崧）孫女也〉，原詩如下：

年事參差八載強，力如盲左壓公羊。
半山自認青衿識，四海公推白業光。
初度我來憐屈子，大風疇昔侫襄王。
天然寫手存閨閣，好醉佳人錦瑟旁。

章詩並不難懂。記得十多年前，上海報紙（二〇〇〇年六月三日、十七日、七月二二日《文匯讀書週周報》），先後有朱銘、劉以煥、朱新華、羅韜等為文論章士釗詩文。其中就章詩中的「兒時骯髒」多有論列，原文網上均可查閱，此不贅述。如果我們結合陳詩，則這一公案似不難索解。現在試解陳詩〈戲題余秋室繪河東君初訪半野堂小影〉。

陳詩標題越具體，越與字面所詠之事無關，越有深意，即「詩題多有深旨」。題目中「余秋室」人名中含一「秋」字，章士釗早年有一常用筆名「秋桐」，因已確認此詩寫章士釗，此處可以「秋」附會章士釗，而不能倒過來，也就是說，不能僅以此一「秋」字就確認。

章士釗是老名士，也是陳家舊友，星樺《章士釗與義寧陳家》敘述甚詳（見星樺編《關於章士釗》第四二頁，二〇〇八年自印本）。一九四九年後章士釗與毛澤東關係極近，此為學界所知。對這種關係，陳寅恪有他自己的判斷。

「弓鞖逢掖訪江潭，奇服何妨戲作男」，胡文輝解釋了所有古典，「弓鞖」同「弓鞋」，「逢掖」語出《禮記》，借指儒生，此處指章士釗。

「詠柳風流人第一，畫眉時候月初三」，也指章士釗。章十三歲即讀柳宗元文章（見袁景華《章士釗先生年譜》第六頁，吉林人民出版社，二〇〇五年），文革中曾寫《柳文指要》。此句後陳詩有小注「河東君《金明池・詠寒柳》詞云：『念疇昔風流，暗傷如許』」，還提醒此處不是用謝道蘊「詠絮事」。「畫眉時候月初三」，陳詩後有小注，明示「李笠翁《意中緣》曲中，黃天監以『畫眉』為『畫梅』，若從其言，則屬對更工切矣。」這是用李漁《意中緣・奸囮》典故：「（黃天監）當初原是富家子弟，只因嫖興太高，惹了一身棉花瘡。」「棉花瘡」即「梅毒」。可解陳注中何以「一笑」，如前引「念疇昔風流，暗傷如許」，似有所指無疑。結合章詩「兒時骯髒」一語，可以想見章陳之間，必有相互熟悉的掌故在。陳詩〈丙申六十七歲初度曉瑩置酒為壽賦此酬謝〉，有「幸得梅花同一笑」，似有寓意，此次祝壽，章士釗在座，即前引第二首章詩所詠之事。

章士釗一生有三位太太，年輕時是有名的風流人物。一九二六年其〈再答吳稚暉先生〉中記有「丁未之歲，愚由東京赴英，道出巴黎，時先生主《新世紀》，報論及革命。王侃叔導愚與楊篤生為冶遊，至所謂玻璃房子者，色相為平生所未見，愚頓為顛倒，若無所措，因密撰〈巴黎觀娼記〉，淫猥勝柳子厚河間婦十倍，求先生匿愚名表焉。」（星樺編《關於章士釗》第七十一頁）。

梁漱溟《這個世界會好嗎——梁漱溟晚年口述》中曾有一段，記述早年章士釗：「在日本出版一個刊物，叫做《甲寅》，我給他通信……後來到北京，就很喜歡和他親近，很佩服他。可是佩服他之後，我又失望。因為這位老先生呢，他比我歲數大了很多，他是一個很有才的人，多才嘛他就多欲，欲望多，所以他的生活很腐爛——吃鴉片，賭博，嫖妓女，娶姨太，娶妾，一個、兩個、三個，我很失望。」

「東山小草今休比，南國名花老再探。」陳寅恪一九五四年〈錢受之《東山詩集》末附甲申元日詩云「衰殘敢負蒼生望，自理東山舊管弦」戲題一絕〉，詩中有「遠志終慚小草名」，我解出是指「張東蓀」，此句意謂當年張東蓀在國共之間當說客，後來落了那麼個下場，今天章士釗如此年紀，還要再往香港試探嗎？「南國名花」意有微諷，章是湖南人。

「好影育長終脈脈，興亡遺恨向誰談。」後有陳詩小注，點出用《世說新語・紕漏》典故，「好影育長」指晉人任瞻，字育長。《世說新語・紕漏》中說：「任育長年少時，甚有令名，童少時，神明可愛，時人謂育長影亦好。自過江，便失志。」這個感慨也恰合章士釗身份與處境。

〈丁酉首夏贛劇團來校演唱《牡丹對藥》、《梁祝因緣》戲題一詩〉

陳詩〈丁酉首夏贛劇團來校演唱《牡丹對藥》《梁祝因緣》戲題一詩〉，作於一九五七年四月間。原詩如下：

> 金樓玉茗了生涯，老去風情歲歲差；
> 細雨競鳴秦吉了，故園新放洛陽花。
> 相逢南國能傾國，不信仙家果出家。
> 共入臨川夢中夢，聞唱一知似京華。

胡文輝解為「鳴放運動」（下卷第九七三頁），但申說還可再細，此詩也是寫章士釗的。「金樓玉茗了生涯，老去風情歲歲差」，陳詩本句後有一小注：「年來頗喜小說戲曲，梁祝事始見於蕭七符書也」。此詩古典，胡文輝已查出，此處不復具引。

「金樓玉茗」實指章士釗一生變化令人捉摸不定，如同看小說、演戲，借用「梁祝」故事「女扮男裝」，深意在「角色錯了」。「老去風情歲歲差」，微諷章士釗對形勢的判斷一年不如一年，節操越來越差。

一九五七年三月十五日，時在鳴放期間，章士釗在政協二屆三次會議上發言，他說：「希望中國共產黨永遠保持廉潔奉公，不謀私利的優良傳統。」章在發言中引了「物必自腐而後蟲生」。他用水果作比，「表皮壞一些不甚要緊，削去一些果子仍然可吃，唯果子自核心處腐爛生蟲，雖表面光澤尚存，但從裡往外逐漸腐蝕，最終此果不可食用。共產黨乃國家興旺之柱石，猶如果實之核心。社會其它方面有些毛病較易糾正，唯共產黨核心健全最重要。（陸景華《章士釗先生年譜》第二九三頁。）此事當時廣為人知。反右時，章士釗差點為此成為右派，他給毛澤東寫信檢討，毛接信後立即批示政協，章才過了這一關。

「細雨競鳴秦吉了，故園新放洛陽花」，胡文輝已指出，當時香港《文匯報》刊出此詩時有自注「別有本事」，實即指此。接下來的「相逢南國能傾國，不信仙家果出家」，指去年陳寅恪與章士釗在廣州相逢，章當時掌握的秘密極其重要，如果章變化，則足以「傾國」，陳意思是他不相信章士釗會再變，章一向講共產黨的好話，而這次卻「果出家」，言其在政協會議上講了真話。「共入臨川夢中夢，聞唱一知似京華。」這一切真如夢一場。

詩題《牡丹對藥》、《梁祝因緣》，均有深意。《牡丹對藥》是傳統劇碼，神仙呂洞賓下凡，本想戲弄一藥店主的女兒白牡丹，結果反被白牡丹戲弄了。暗指章士釗的行為會被戲弄，事後觀察，章在政協的發言，如不是毛保護，必是大右派無疑，由此可見陳的深刻。《梁祝因緣》意思不言自明。

〈戊戌六月二十九日聽南昌市京劇團李今芳演玉堂春戲題三絕句即希哂正〉

《南方都市報》（二〇一三年一月二十三日）刊出張暉文章，介紹新發現的陳寅恪史料，其中有兩首一九五八年陳寅恪抄示龍榆生的舊詩，為以往所未見。因張暉文章未詳解本詩，我來試解。原詩如下（詩題三首，實為兩首，張暉原文有說明，此不備錄），全詩如下：

竟如古調不多彈，聽唱蘇三亦大難，
今夕得聞堪一笑，況同鄉裡舊長干。

聲囀新鶯共出塵，緪雲滴水想芳春，
西江藝苑今誰勝，不是男兒是婦人。

陳詩，凡詠看花聽戲，均有深意，此詩也無例外。

陳寅恪一生有個心結，即一九四九年他沒有聽陳夫人的話離開，當年余英時解陳寅恪「七夕」詩，即看出此中深意，余文為學界習知，此不備錄。此詩也是讚揚陳夫人的。

第一首前兩句用了《玉堂春》蘇三典故，這個常見故事是歌頌女性的。第二句中「鄉里」是妻子的意思（見沈約〈山陰柳家〉及《南史・張彪傳》），此處指陳夫人。「長干」借指南京。陳寅恪、龍榆生同是江西人，陳寅恪曾在南京居住，他在《柳如是別傳》中說過「少時家居江寧頭條巷」，龍榆生曾在南京中央大學任教。

關鍵在下一首「聲囀新鶯共出塵，緗雲滴水想芳春」。陳詩中凡出「鶯」字，常與陳夫人有關，因為陳夫人也稱「曉瑩」。「緗雲」指程孟陽的〈緗雲詩〉，此詩八首，都是寫給柳如是的，《柳如是別傳》中有深論。此處如不用「緗雲」典故，最後一句中「婦人」則可能讓人聯想到當時在廣州和陳寅恪、龍榆次都有交往的冼玉清。

最後兩句「西江藝苑今誰勝，不是男兒是婦人」。「西江」為珠江幹流，此處代指廣州，也即陳寅恪自己，下一句可以不解。當年陳夫人執意要走，而陳寅恪不走，後來證明，還是陳夫人高明。此詩解出，再讀一九五二年二月陳詩〈壬辰廣州元夕收音機中聽張君秋唱祭塔〉，其中第一首：「雷峰夕照憶經過，物語湖山恨未磨；唯有深情白娘子，最知人類負心多」，也就豁然開朗了。此詩也是讚揚陳夫人的。

〈壬寅元夕作用東坡二月三日點燈會客韻〉

一九六二年二月，陳寅恪有一首〈壬寅元夕作用東坡二月三日點燈會客韻〉，全詩如下：

瞑入非非色相天，難分黑白辨媸妍。
人情未許忘燈節，世事唯餘照酒船。
戲海魚龍千萬里，知春梅柳六三年。光緒庚子元夕，先母口受姜白石元夕不出詞，中有「柳慳梅小未教知」之語。
江河點綴承平意，對淡巴菰作上元。時有饋大中華牌紙煙者。

此詩，胡文輝解為「知識份子待遇」（下冊第一一一〇頁），似可商。此詩是陳寅恪思念表弟俞大維的。古典，胡文輝已解。

第一聯，胡文輝說是用了佛教的說法。我聯想到了俞大維從小信佛，晚年更入了佛門，高杉杉《文匯報》有專文〈俞大維的佛緣始末〉，講俞大維和佛教的關係，網路時代，此不備錄。我猜此聯是批評大陸現狀，沒有是非好壞，無法辨別美醜。

第二聯是「佳節思親」的意思，句中有「唯餘」二字，似可理解為一語雙關，「唯」諧音大維之「維」，有過去常在一起，而今空對酒杯之意，難忘俞家恩情。

第三聯是關鍵。「魚龍」也可理解為雙關，諧音「俞」，暗示俞大維和自己，有相隔千里之意，時俞大維在臺灣。「知春梅柳六三年」，「梅柳」代指兩人，是陳寅恪憶及兒時和俞大維的情誼，只有兩人心知。胡文輝已指出，光緒庚子是一九〇〇年，至寫詩時恰是六十三年，俞大維小陳寅恪七歲，兩家關係極好。陳家女兒《也同歡樂也同愁》中有詳細記述，此不備錄。

一九七〇年，俞大維在不確知陳寅恪已去世的情況下，為臺灣中研院史語所作了〈談陳寅恪先生〉的著名演講。俞大維和陳寅恪在哈佛大學、柏林大學同學七年。陳寅恪的母親是他唯一嫡親的姑母，陳寅恪的胞妹陳新午即俞夫人。俞大維自己說過，他們是「兩代姻親，三代世交，七年的同學」（《談陳寅恪》第二頁，臺灣傳記文學出版社，一九七〇年）。

此處需特別注意陳寅恪夾註：「光緒庚子元夕，先母口受姜白石元夕不出詞，中有

「『柳慳梅小未教知』之語。」

姜夔〈鷓鴣天・元夕不出詞〉如下：

憶昨天街預賞時，柳慳梅小未教知。而今正是歡遊夕，卻怕春寒自掩扉。

簾寂寂，月低低，舊情唯有絳都詞。芙蓉影暗三更後，臥聽鄰娃笑語歸。

姜詞原意是寫夢境，有歷盡滄桑後追憶往昔舊情之感，恰合陳寅恪和俞大維兒時身份。陳寅恪此夾註極具用心，先提及母親，自然聯想大維，憶及六十三年前童稚時光，用姜詞舊句，暗示自己和俞大維關係。俞是臺灣軍界高官，當時不可明言。

尾聯「江河點綴承平意，對淡巴菰作上元」，一是對大陸現狀的批評，一是對兩人不能相見的無奈感慨。「淡巴菰」即煙草舊稱，此句後陳有夾註「時有饋大中華牌紙煙者」。胡文輝詳細引述了當時陶鑄關心知識份子，為他們送中華牌香煙事例，但我懷疑此處陳寅恪是別有深意。陳詩夾註，如無用心，何必多此一舉？我從兩個方面猜測，一是如果俞大維抽煙，則此句易解，「淡巴菰」借指俞大維，睹物思人，陳寅恪不抽煙。我查了俞大維照片，有一張是抽煙的，因照片有時不準確，我不能確證。如果俞不抽煙，則轉入第二個意思，

「淡巴菰」明代由菲律賓傳入中國，借此聯想「海外」，暗示臺灣，也可解為是對俞大維的思念之情，我傾向於第一個猜測。

〈戲續杜少陵《秋興》詩「劉向傳經心事違」句成七絕一首〉

一九六四年，陳寅恪〈戲續杜少陵《秋興》詩「劉向傳經心事違」句成七絕一首〉詩：

劉向傳經心事違，翁今兒古各相非；
何如東晉郗家好，父子天師道共歸。

我解為寫劉景晨、劉節父子當時出處，多數朋友不贊成。溫州我有幾位老朋友，平時熟悉劉家父子情況，也不贊成。他們的態度讓我反復思索。我常常否定自己的結論，因為多數情況下我是憑直覺判斷，有時候我也很珍惜自己的直覺，所以結論反而倒不是我最看重的，我比較在意的是初始的思路。

胡文輝綜合李堅的解釋，將兩人的意見合為「中蘇交惡與西方陣營」（下冊第一二二四頁。）我解為劉向歆父子均為名學者，恰合劉景晨、劉節父子身份，父新子舊。

我後來又想，此詩關鍵處是「翁今兒古各相非」一句。我開始把「翁」直覺判斷為劉景晨，所以才有後來的解釋，這個結果也許錯了，但我的思路方向可能還是對的，所以我又想到了錢稻孫。

錢稻孫是劉節的岳父，抗時期和周作人出處相同。一九三九年一月十四日《劉節日記》中有這樣一條記載：「今日得北平消息甚詳：知錢宅諸內弟併入偽組織，錢公亦做了新民學院之副院長。玄同先生則家居不敢露面，他如馬裕藻、沈兼士、陳援庵諸人，尚未與偽組織發生任何關係，趙斐雲、孫子書、謝剛主諸兄，也仍在圖書館，並無其它活動。此皆得諸森玉丈之口也。」（第十四頁，大象出版社，二〇〇九年）

劉夫人錢澄是錢稻孫三女。當時劉節在重慶執教，為此辭職。所以「翁今兒古各相非」之「翁」，解為錢稻孫似亦可通。聯繫陳寅恪曾寫〈阜昌〉、〈丁亥春日閱《花隨人聖盦筆記》深賞其遊暘臺山看杏花詩因題一律〉二詩，觀察他對對汪兆銘、黃秋岳等人的態度，再聯繫陳寅恪〈天師道與濱海地域之關係〉中分析郗氏一門情況時所說「宗教信仰及政治趨向皆與其父背馳也」一段話，此詩解為寫錢稻孫、劉節翁婿似更為貼切。

〈高唱〉

陳寅恪一九六五年詩〈高唱〉：

高唱軍歌曲調新，驚回殘夢太平人。
如何鶴髮開元叟，也上巢車望戰塵。

胡文輝解為當時知識份子參加備戰運動和反美示威（下冊，第一二八五頁），似可商。陳詩妙處即在今典，只要一尋得今典，解釋起來即非常簡單，但如何尋得今典，則需對陳的交往和豐富內心世界有深刻理解。最早解陳詩的余英時，早年即把握此點，一般大方向不錯。胡文輝解陳詩最用力，也常有極為精妙處，凡與陳內心相合的解釋，均可成為確解，反有偏離，則去詩意較遠。此詩是批評山東大學名教授高亨的。

一九六四年山東大學《文史哲》編輯部組織了一次「筆談學習毛主席詩詞十首」活

動。高亨參加了，並寫了有名的〈水調歌頭〉一首：

> 掌上千秋史，胸中百萬兵。眼底六洲風雨，筆下有雷聲。喚醒蟄龍飛起，掃滅魔焰魅火，揮劍斬長鯨。春滿人間世，日照大旗紅。
>
> 抒慷慨，寫鏖戰，記長征。天障雲錦，織出革命之豪情。細檢詩壇李杜，詞苑蘇辛佳什，未有此奇雄，攜卷登山唱，流韻壯東風。

高亨把此詞連同一張恭賀春禧的短函，寄給毛澤東，後收到了回信，回信類似於毛早年給朱師轍的信，此處不引。此事在當年學界極為有名。

高亨一九二七年從清華國學院畢業，也是陳寅恪的學生，所以陳有此詩，知此今典，此詩即不需再解。陳詩即針對高亨〈水調歌頭〉而發的感慨，「詩題多有深旨」，「高唱」是習語，但別有深意，一語雙關，陳詩機巧於此可見。此詩可與〈貧女〉對讀。

〈乙巳春夜忽聞風雨聲想園中杜鵑花零落盡矣為賦一詩〉

一九六五年四月初，陳寅恪有一首七律〈乙巳春夜忽聞風雨聲想園中杜鵑花零落盡矣為賦一詩〉：

尋詩歲月又春風，村市飛花處處同。
絕豔植根千日久，繁枝轉眼一時空。
認桃辨杏殊多事，張幕懸鈴枉費工。
遙夜驚心聽急雨，今年真負杜鵑紅。

文輝兄《陳寅恪詩箋》雖然判斷此詩「以花事喻人事」，但解為「政治甄別和備戰備荒」，似與詩意較遠（下冊，第一二七八頁），此詩寫陳序經。

陳寅恪晚年詩，如尋不出今典，只能由字面理解，如尋出今典，則全詩豁然開朗。陳寅恪晚年和黃萱講過，詩要有兩個以上的意思才好。

由詩題〈乙巳春夜忽聞風雨聲想園中杜鵑花零落盡矣為賦一詩〉可以判斷，此詩必有寓意。陳寅恪當時雙目失明，與校園花開花落無關。

一九六四年六月五日，陳序經在暨南大學校長任上，突然接到國務院任命，調他為南開大學副校長。當時六十一歲的陳序經只好告別故土，無奈北上。陳序經是海南文昌人，眷戀故土，實在不願離開廣州。陳序經被從暨南大學校長任上突然調離，據說是他和陶鑄的關係較好，有人為了打擊陶鑄，就拿陳序經開刀，其中一個說法是陳序經和「外面有關係」，以此證明陶鑄用人不當。此事經陶鑄再三解釋，也無濟於事，上面認定陳序經這樣的人不能當正職。所謂和「外面有關係」，指陳序經在香港自印《扶南史初探》、《猛族諸國初考》等書，其實此事由當時《大公報》駐廣州辦事處主任黃克夫經手，通過費彝民完成，是一件公開的事（見陳其津《我的父親陳序經》第二一四、二九六頁，廣東人民出版社，一九九九年）。

「扶南」是古地名，包括今天柬埔寨全境等地。《扶南史初探》一書副題即是「古代柬埔寨與其有關的東南亞諸國史」。此書前後未見任何出版說明，只在封底注明「非賣品」。陳序經何以要在香港印學術著作？目前未見史料。可能是陳序經判斷此類研究涉及外交關係，中國內地根本不可能出版。關於此事還有另外傳說，但未見確切史料。可以證實的是陳序經離開廣州確有隱情。

陳序經最愛杜鵑花，有中大學生回憶「先生對母校康樂園有著深厚感情，對園內一草一木極為愛護，絕不許亂砍亂伐。先生極為喜愛紅杜鵑，但當時康樂園內卻無一株，他便設法從外地移植一批幼苗，親自栽種於此」（胡曉曼〈杜鵑花開說杜鵑〉，《中山大學校刊》第四版，一九八四年四月十四日）。

陳序經是一九六四年九月離開廣州前往南開的，陳詩作於一九六五年四月，時間地點均相合，二陳關係極好，向為人知，此不贅述。揆之常情，陳序經離開廣州前，一定會與陳寅恪告別，這才有陳寅恪「忽聞風雨聲想園中杜鵑花零落盡矣」的感歎，此處杜鵑花借指陳序經極為恰適。

首聯「尋詩歲月又春風，村市飛花處處同」，敘當時環境感受，容易理解。頷聯「絕豔植根千日久，繁枝轉眼一時空」是對陳序經在廣州十多年經歷的讚歎和不得不離開的感慨。此處「絕豔」、「繁枝」陳詩中多次出現，語出黃秋岳〈大覺寺杏林〉「絕豔似憐前度意，繁枝猶待後遊人」兩句中，陳寅恪深賞此聯。吳宓在日記中說過「絕豔」指少數特殊天才，「繁枝」則是多數普通庸俗之人，為陳寅恪研究中常識，此不備錄。「認桃辨杏殊多事，張幕懸鈴枉費工」，文輝兄已指出「認桃辨杏」出宋代石延年紅梅詩「認桃無綠葉，辨杏有青枝」，意謂胡亂猜測，指陳序經香港印書事。「張幕」、「懸鈴」二典，一出周密《乾淳起居注》，一出五代王仁裕《開元天寶遺事》，均有護花之意。我理解此處是指陶鑄為陳序經說情而於事無補之意。尾聯「遙夜驚心聽急雨，今年真負杜鵑紅」是陳寅恪知陳序經處境後的歎息，與詩題中「園中杜鵑花零落盡矣」相近，有廣州對不起陳序經之意。

陳寅恪的交遊

這部分文字雖與箋證陳寅恪晚年詩無直接關係，但在陳寅恪研究中多是不常見史料，比如周恩來談陳寅恪、陳寅恪晚年詩稿存佚問題等。學術研究中直接材料易見，間接材料難得。特別是在個人檔案無法親見情況下，留意旁涉史料，應當是陳寅恪研究中一個特別需要關注的史料方向。

陳寅恪詩的標題問題

我的朋友胡文輝，去年把陳寅恪的全部詩都箋證出來，承他不棄，送我一部完整的列印稿。去年八月間，我在北京的「布衣書局」裡亂翻書，偶然看到一冊舊抄本。書店的老闆告訴我，此抄本是廣州中山大學羅孟韋教授家裡散出來的。書店的老闆胡同先生也是舊識，他每天都寫販書日記，日記裡還特別提到其中抄了陳寅恪的詩。我想還是胡同沒有說清楚，如果文輝兄看到原物，我想他一定不會猶豫。

這個抄本主要抄了六個人的詩。這六個人都與陳寅恪家或者與陳家及近代中國詩壇有關係。起首是歸莊的〈萬古愁曲〉，接著是「蟄庵」詩錄。「蟄庵」是近代嶺南名詩人曾習經的號，稿本主要抄錄的是他的詩，極個別處有點評，然後是范伯子。范家與陳家有姻親關係。第四個是柯劭忞，第五個是嚴復，有較多的評注。第六個就是陳寅恪。可見抄者的眼光極高，所抄錄的近代名詩，與陳家的趣味非常密切。

一般地說，這個抄本沒有太大的意義，雖然字寫得很好，但可惜不是名家抄錄。我要下這個本子，主要與陳詩的標題問題相關。

陳詩生前並沒有完整出版，後來的詩集是陳的家人根據陳夫人的抄本和朋友間的流傳整理而成，所以陳詩標題並不統一，因為許多詩是從別人的年譜和日記裡抄來的，所以常常有些差異，特別是有些詩題的改動，其實有豐富的時代內容。我認為這個抄本有些意義，就是因為它是陳詩早期的流傳本，又因為是廣州中山大學教授間的傳抄本，所以更接近陳詩的原貌，特別是抄本中還有個別字的改動，與現在通行的陳詩略有不同，具有研究價值。

抄本第一首詩是〈乙酉八日聽人讀水滸新傳感賦〉，通行的標題為〈乙酉七七日聽人說水滸新傳適有客述近事感賦〉。

第二首〈題雙照樓集〉，通行為〈阜昌甲申冬作時臥病成都存仁醫院〉。關於這首詩，胡文輝的解釋非常豐富，標題的改動有複雜的原因，這個抄本是陳詩原題，可證明文輝兄的許多判斷。

第三首〈感事〉，通行為〈癸未春日感賦時居桂林雁山別墅〉。

第四首〈南朝三十五年春在倫敦將回國〉，通行為〈南朝〉。

第五首〈倫敦病院中聽讀英文天橋小說其中述及光緒戊戌李提摩太事憶壬寅歲與先生等東遊日本遇李君於上海李君語曰君等世家子弟能東遊甚善故詩中及之非敢以烏衣自況也〉。

通行為〈乙酉冬夜臥病倫敦醫院聽人讀熊式一君著英文小說名天橋者中述光緒戊戌李提摩太上書事憶壬寅春隨先兄師曾等東遊日本遇李教士於上海教士作華語曰君等世家子弟能東遊甚善故詩中及之非敢以烏衣故事自況也〉。

第六首〈大西洋舟中記夢〉，與通行標題同。

第七首〈除夕北平〉，通行標題為〈丁亥除夕作〉。

第八首〈戊子三月十五日清華寓園海棠下作〉，通行為〈清華園寓廬手植海棠戊子陽曆三月十九日作〉。

第九首〈感事〉，通行為〈報載某會中有梅蘭芳之名戲題一絕〉。

第十首〈答葉公綽〉，通行為〈葉遐庵自香港寄詩詢近狀賦此答之〉。

第十一首〈人日〉，通行為〈庚寅人日〉。第十二首〈有感〉，通行為〈經史〉。

第十三首〈庚寅仲夏友人繪清華園故居圖見寄不見舊時手植海棠感賦一詩即用戊子春日原韻〉，與通行標題同。

第十四首〈庚寅廣州七夕〉，與通行標題同。

第十五首〈庚辰暮春重慶夜宴歸有作〉，通行為〈庚辰暮春重慶夜宴歸作〉。

第十六首〈霜紅龕集有望海詩云一燈續日月不寐照煩惱不生不死間如何為懷抱感題其後

庚寅殘冬一九五一一月〉，通行為〈霜紅龕集有望海詩云一燈續日月不寐照煩惱不生不死間如何為懷抱感題其後〉。

第十七首〈題冼玉清琅嬛館修史圖〉，通行為〈題冼玉清教授修史圖〉。本題共三首。通行本無第二首，本稿中有，刪除原因是因為此詩對范文瀾和他的《中國通史簡編》很不客氣。張求會較早注意到這個問題，此抄本有存真的意義。

第十八首〈題吳三立詩〉，清華版詩集中無而三聯版詩集中有，且為兩首，總題為〈己丑除夕題吳辛旨詩〉。胡文輝箋證稿中有此詩，可以對證詩的不同來源和出處。

第十九首〈文章〉，與通行標題同。

第廿首〈寄瞿兌之〉，與通行標題同。

第廿一首〈寄北〉，與通行標題同。

第廿二首〈送朱少濱教授退休卜居杭州〉，與通行標題同。

陳詩無疑是中國文化遺產中的重要內容，它在文學史和思想史上的價值正越來越為人注意。陳詩跨越的時代是中國社會發生重大變革的時期，它的意義相當豐富。陳詩的流傳過程其中也包含了時代變革的因素，所以雖然是一般的抄本，但它的文獻價值還是顯而易見的。

陳寅恪詩稿存佚考

一、唐篔書陳寅恪詩抄本問題

唐篔書陳寅恪詩抄本，在陳寅恪研究中是一個耳熟能詳的問題。最早公開提出此問題的是蔣天樞。他在一九七九年編輯的《陳寅恪先生編年事輯》最後說：「先生詩出入唐宋，寄託遙深。尤其於宋詩致力甚久。家學固如是也。嘗教人讀宋詩以藥庸俗之弊，其旨可見。惜《詩存》所刊，僅及其半。師母手寫詩稿三冊，至今未見還，至可傷矣！一九七九年十二月識」（見該書修訂版第一八九頁，上海古籍出版社，一九九七年）。

一九八一年，蔣天樞校畢《編年事輯》後有一則補識，再提此事：「現在，寅恪先生文集出版事雖已告竣，尚有遺憾事二：其一，先生《寒柳堂記夢未定稿》黃萱謄清鈔稿一份，曾經歷史系二年級學生王健全拿去供批判用。王來信說當時放在歷史系櫥櫃中。此文當日主係事者應能知其下落。其二：一九七八年歷史系發還稿件時，獨師母手寫詩稿三冊，未予發還。陳小彭曾向胡君索討多次，未得。此三冊詩稿明載接收清單中，現亦不知在中山大學何人手。此二事思之時為心痛。一九八一年校畢補識。」（同上）

一九八二年，臺灣汪榮祖訪問胡守為時曾提及，詩稿三冊由唐篔書寫，在中山大學歷史系所列清單中。汪榮祖說，胡守為之意「似有人吞占此稿件，若經私人關係，待之以日，仍有重見天日之日」（《史家陳寅恪傳》第二〇九頁，北京大學出版社，二〇〇五年）。

朱浩熙《蔣天樞傳》中對此問題的記述是：「陳小彭按照抄家清單一一核對，發現父親心血所繫的《寒柳堂記夢未定稿》雖在其中，但已經殘缺不全；另外由其母親手抄的父親詩稿也不知去向……」（該書第二三二頁，作家出版社，二〇〇二年）。

二〇〇四年，徐慶全發表〈追尋陳寅恪遺稿的故事〉（《人民政協報》二〇〇四年十一月二十五日）再次詳細涉及此事。徐文首次披露蔣天樞給周揚的信，其中述及陳家當時的處境：

> 抄走後至今渺無下落。繼又逼迫遷居小的住宅，書籍無法存放，由圖書館全部運走。即陳師所借我的《鈔本牧齋外集》十二冊（巾箱本、二十五卷），亦混在師書

中被拿走，函索，稱『無有，作罷。……把家中所保存的新舊著作稿件，從陳先生小女兒陳美延手中，以威脅劫持方式全部拿走。後來又輾轉被歷史系取去。中經家屬多次索討，迄不發還。直到七八年，大女兒陳流求向廣東省政府申訴，中大歷史系才於當年四月間將稿件發還家屬。但詩集三冊和其它零碎稿件尚未發還。……此外，陳師母親自繕寫的詩稿三冊，也希望周老能函商中山大學校黨委負責同志（據說詩稿三冊存放在校長室保險櫃裡），將詩稿三冊交還家屬。其它一些零碎稿件，據說存放在檔案室保險櫃或歷史系箱子裡。至於另外一份《寒柳堂記夢未定稿》現在誰手，還無法查清。在未交還家屬稿件之前，所有稿件都經過歷史系主任胡守為手，不識該文是否在他手裡？

徐慶全同時採訪了陳美延，她回憶說：「我就把文稿借給他們。為了有憑據，我讓他們列個目錄留下，其中就有《柳如是別傳》和父親的詩稿（二〇〇三年十一月十六日電話採訪陳美延記錄）。」

徐慶全也採訪了胡守為，他回憶說：

陳寅恪先生的女兒的確交出過陳寅恪先生的手稿，因陳先生的女兒是化學系的，因而手稿是交到化學系的。……大約在一九七八年，化學系黨總支通知歷史系黨總支，說有陳寅恪先生的兩包手稿，你們歷史系是否拿回去？歷史系黨總支問我，我說應該放在歷史系保存，而且誰也不能動。不過，在這兩包稿子中，沒有《寒柳堂記夢未定稿》和陳先生的詩稿，只有《柳如是別傳》。陳先生的這部著作還沒有出版，我認為應該儘快整理出版，就組織有關人士進行整理。不久，學校黨委書記對歷史系說，陳先生的女兒要求把這部書稿拿回去，我們遵照指示，立刻交回去了（二〇〇三年八月十五日電話採訪胡守為）。

蔣天樞在給習仲勳的信中，只提到有確鑿證據被人拿走的是《寒柳堂記夢未定稿》，給周揚的信中才補充提到了陳寅恪詩稿。徐慶全文章披露了關於這一問題的《簡報》（一九七九年一月六日出版，編號第五期），題目是〈關於陳寅恪的遺稿散失問題〉。

徐慶全採訪陳美延的記錄是：「王健全寫了一封長信，說明稿子不在他的手上，而是在歷史系。王健全沒有拿走稿子，這我倒相信。……我們知道父親的文稿存在歷史系後，就曾找過學校黨委書記要回了一批文稿。……胡守為交回了《柳如是別傳》，但《寒柳堂記夢未定稿》和父親的詩稿卻沒有下落了（二〇〇三年十一月十六日電話採訪。）」

徐慶全對胡守為的採訪如下：

關於陳先生詩稿的下落，直到現在我還是被嫌疑人，蔣天樞先生當年就非常明顯地暗示過這一點。我一律不作回答。你問到這個問題，我才把我知道的情況告訴你。你可以在你的文章中說你採訪過我，引用我的話，但我不看你的稿子。……蔣天樞寫信後我們學校是否追查過陳先生的遺稿，我也不清楚。我只是看到蔣天樞在《陳寅恪先生編年事輯》後記中，暗示我把陳寅恪先生的詩稿壟斷後，才請求學校來查找，還我一個清白。陳先生的詩稿，是在『文革』中被紅衛兵拿來的，我的確看過，但後來去向我就不知道了。在學校查找時，我曾向學校建議說：當時有陳寅恪專案組，有可能是把陳先生的詩稿作為『反動權威』的材料送到省裡了，應該到省裡去找。後來，學校是否去省裡找，我也不知道。關於《寒柳堂記夢未定稿》，在校組織部檔案中找到了，還給了陳先生的女兒。後來，這份稿子在江西的一家刊物上發表出來，現在收在三聯出版的《陳寅恪集》中了。陳先生的詩稿則沒有找到。

儘管如此，黨委書記對我說，調查結果與我沒有關係。也就是說，按照組織的結論：詩稿並不在我這裡。

由以上蔣天樞記述、陳家後人回憶以及胡守為的辨駁，可知一九六七年陳家被抄時，確有唐篔書陳寅恪詩稿三冊，但所有回憶者均沒有涉及三冊詩稿的具體形制，即三冊詩稿寫在何種紙上？何種裝訂樣式？以何種方式書寫？三冊詩稿是全書陳詩還是同時也抄了其它詩等等，這些情況都不很清楚。

二〇一〇年，陳氏後人回憶：「尤其是父親表露心跡的詩作，全由母親一人手錄。這些詩稿有用鋼筆書寫的草稿本，及毛筆抄寫的謄正本。解放前的詩作抄在一本自製的淺藍色封面，近正方體的大本子內；解放後詩作錄在各種軟皮封面練習薄內。僅毛筆謄正本就不止五冊，鋼筆錄下的草稿本就更多了」（陳美延等《也同歡樂也同愁》第二七〇頁）。

蔣天樞的判斷，來源於陳家後人回憶，而陳家後人回憶中，沒有關於唐篔書陳詩的具體內容。聯繫到《寒柳堂記夢未定稿》在抄走及發還過程中的複雜性，石泉認為《寒柳堂記夢未定稿》存在「蔣本」與「新稿本」的情況（見王永興編《紀念陳寅恪先生百年誕辰學術論文集》第二十六頁，江西教育出版社，一九九四年），我們大體可以判斷陳寅恪遺稿在抄家後曾存在散亂情況，由圖書館到化學系再到歷史系，還有陳寅恪專案組。一般認為後來完整保存在中山大學歷史系的情況，未必準確。胡守為認為曾在化學系，似不無道理，而《寒柳堂記夢未定稿》在中山大學組織部發現，更證明當時陳寅恪遺稿的散亂情況。

簡單說，唐篔書陳寅恪詩稿的下落問題，涉及三個方面，一是陳詩的整體寫作狀態；二是陳寅恪遺稿的流傳情況，三是對當時中山大學歷史系相關人物的評價，比如王健全、胡守為的人格。

唐篔書陳寅恪詩抄本，一般認為有三冊，但陳家後人也有五冊的回憶。《也同歡樂也同愁》中有一幅唐篔手抄陳詩內文謄正本的照片（該書第二六九頁），但沒有說明照片來源。按常理推測，照片一定是詩稿遺失前隨意拍攝的散頁，如果是正式拍攝記錄，應當不止一頁正文，而有封面一類記錄。總之，目前關於唐篔書陳寅恪詩抄本的詳細情況尚不清晰，所以需要一些推測性研究。

二、唐篔書陳寅恪詩抄本存世推測

二〇〇五年，嶺南美術出版社出版陳美延編《陳寅恪先生遺墨》，收錄陳寅恪抗戰前任教清華時期的相關史料，包括手稿、手錄資料、散頁、批註本、著作抽印本、印章和字畫等。本批材料的公開得到了陳家後人的授權，出版說明中特別標明：「這批陳氏遺墨，由廣州藏家陳俊明先生提供。」

二〇〇六年十一月，北京嘉德秋拍中，出現了一百多種紙本陳寅恪遺稿，後流拍。據說流拍的原因與陳家後人質疑這組遺稿的來源有關，但嘉德公司認為，這次交易未成是因為出價不達估價，與陳家後人的要求無關。在拍賣前兩年，胡文輝發表〈新發現陳寅恪遺物印象〉，對此批陳氏遺稿作了詳細介紹，胡文輝文中對陳氏遺稿中獨缺詩稿的判斷是：「可惜這批遺物只見到一篇〈王觀堂先生輓詞並序〉抄件，陳氏佚詩仍無影蹤」（《收藏・拍賣》二〇〇四年第一期第二四頁，廣州教育出版社）。

我仔細閱讀了嘉德公司的拍賣圖錄《陳寅恪先生遺稿》（中國嘉德國際拍賣有限公司，非賣品，二〇〇六年），據拓曉堂在該圖錄前言中指出：「此處所見文稿，均為一九六四年寅恪先生委託學生蔣天樞先生保存者。」可知陳氏遺稿是由上海蔣天樞處散出的，可惜拍賣圖錄中把蔣天樞名字印錯了，粗看還以為是另有其人。

我將嶺南版《陳寅恪先生遺墨》和嘉德《陳寅恪先生遺稿》對讀，判斷二者合起來即是陳氏遺稿的完整主體。這些遺稿只是陳寅恪著述的一部分，我感覺以後再集中發現陳氏遺稿的可能性還存在。在此前提下，我們再來探尋唐篔書陳寅恪詩抄本的下落，就有了一個大致的邊界，我判斷唐篔書陳寅恪詩抄本至少其中兩冊就在目前現世的陳氏遺稿中。我傾向於認為唐篔書陳寅恪詩抄本應當是五冊，三冊陳詩謄正本，兩冊唐篔抄陳寅恪喜讀的清詩抄本。

三、唐篔書陳寅恪選清詩抄本

對唐篔書陳寅恪詩抄本，我作個大膽假設：一、陳氏遺稿中確有五冊唐篔書陳寅恪詩抄本，但只是回憶中提到，目前我們還沒有見過更詳細的關於五冊詩稿的直接材料。二、唐篔書陳寅恪詩抄本可能是三冊、也可能是五冊。三、有五冊詩稿存在，但五冊詩稿不一定是同一類型，也未必完全抄錄陳詩，而可能同時抄了陳寅恪喜讀的其它清詩。四、蔣天樞致周揚信中判斷：「據說詩稿三冊存放在校長室保險櫃裡」，我認為可以否定。

對於陳氏遺稿，我們先作一個常識判斷：這批遺稿的數量很大而且是集中散出的，去向，目前所知不止一處。如果最後發現單獨缺少了三冊唐篔書陳寅恪詩謄清本，那只能建立在一個前提下，即接觸陳氏遺稿的人，對此三冊詩稿極為熟悉且知道它未來的意義和價值。我認為，這個可能性不大。所以判斷唐篔書陳寅恪詩抄本，一定是混雜在了陳氏遺稿中。按常規，五冊詩稿應該是同類三冊、同類兩冊順序排放一處，如果有人有目的取走詩稿，當是五冊同取，而不可能只取三冊，這說明唐篔書陳寅恪詩抄本，一般沒有單獨孤立存在的可能，而是散亂存在陳氏遺稿中，我判斷存世的可能性大，而被人有意取走的可能性小。和胡守為一樣，我對這三冊詩稿現世，存有信心。假設唐篔書陳寅恪詩稿確為五冊，按常理約有三種存放情況：五冊順序排放一處，同類三冊順序排放一處，兩冊順序排放一處。散亂情況可能存在，但常態情況下這種可能不大。

我認為嘉德《陳寅恪先生遺稿》拍賣圖錄中第九七號拍品抄本《投筆集》，有可能就是五冊唐篔書陳寅恪詩抄本中的一冊（以下簡稱「投本」），只是因為人們將三冊詩稿選擇記憶為只是抄了陳詩，所以沒有在意。如果確定認為嘉德《陳寅恪先生遺稿》由蔣天樞處散出，則蔣天樞也忽略了此點。

關於《投筆集》抄本的說明，圖錄中是這樣介紹的：「此本用『青塘稿紙』抄成，內有毛筆校、注、紅硬筆校注、均以《有學集》（風雨樓本）校，審其筆跡，似出唐篔之筆。」一

《投筆集》是錢謙益晚年的一部詩集，向為陳寅恪所注意。圖錄將此抄本的時間斷在民國初年，似不準確。我以為應當在一九五三年後，陳、唐結合在一九二八年，唐抄陳詩，一般不可能早於這個時間。雖然陳寅恪少時即對錢謙益和他的詩有興趣，陳詩「早歲偷窺禁錮編」即指此，一九三八年在昆明期間有寫錢柳因緣的想法，但一九五三年後才把興趣集中在

錢柳姻緣上。

我把唐篔「投本」視為五冊唐篔書陳寅恪詩抄本之一，是因為我曾購得過與此相配的另一冊抄本。此抄本首葉抄錄歸莊〈萬古愁曲〉，依習慣，以下簡稱「萬本」。

二〇〇五年夏天，我在北京布衣書局購得一冊舊抄本。當時書局老闆胡同隨口說是廣東羅孟韋家散出的。我只是注意到這個抄本中有陳寅恪的幾首詩，而印象中詩題與常見的略有出入。

不久我回到山西，恰好這一年胡文輝來太原旅遊，我即將此抄本交與他看並為他完整復印一冊，我同時為另一位較早研究陳寅恪詩的學者程巢父也複製了一份。我沒有過分強調這個抄本的重要性，自然也就沒有特別引起胡、程兩位學者的注意。後來我用這個抄本寫過一則短文〈陳寅恪詩的標題問題〉，即印在胡文輝《陳寅恪詩箋釋》前的序言之一。

我一開始聽信書局老闆胡同的說法，沒有細想就斷為是羅孟韋家散出的抄本，因為陸鍵東《陳寅恪的最後二十年》中專門提到過羅孟韋：「陳寅恪晚年有一時常來登門『談書論道』的好友羅倬漢」（該書第五二二頁，三聯書店，一九九五年）。孟韋是羅倬漢的字，他家散出與陳寅恪有關的史料，在邏輯上沒有問題。

因為我的誤導，胡文輝箋釋陳寅恪詩時，將此抄本定為「羅孟韋本」，雖然在實際版本應用中毫無問題，但我現在傾向於認為此抄本也是唐篔書陳寅恪詩抄本之一。

為完整敘述這一問題的來源，我把布衣書局老闆胡同當時寫的《販書日記》中有關部分節錄如下（未公開出版，但網上可隨時查到）：

二〇〇五年八月二二日　星期一　晴

謝泳先生又從山西來北京，他已經結束了在北京的訪問學者生活，回到山西了。這次來認認新地方，他到處翻書的時候，我問他出了多少本書了，他說大概有十多本了，但是馬上補充說：有些有重複的，也沒有什麼太好的書。我說那你什麼時候能寫出你認為好的書來？他說：總要五十歲以後吧……他在我屋子裡翻到一冊原來我買下的據說是中山大學羅孟韋先生的一部詩稿，已經被蟲蛀了，抄了很多人的詩在一起，包括陳寅恪的，但是那詩稿是幾個人抄的，不清楚是為什麼。謝泳先生研究了半天，跟我講了一通裡面某人寫字好，某人字差之類的話，然後就跟我問價，決定要把這書收入囊中。連同《「一二・一」慘案死難四烈士榮哀錄》（增訂本，昆明學生聯合會編印）一起，兩種書收了他一千一百元。《榮哀錄》他在我這裡至少看了四、五次了，最後還是買走了。

我在〈陳寅恪詩的標題問題〉中曾說，這個抄本主要抄了六個人的詩，其中五個人與陳寅恪或者與陳家及近代中國詩壇有關。起首是歸莊〈萬古愁曲〉，接著是《蟄庵詩錄》。「蟄庵」是近代嶺南名詩人曾習經的號，抄本主要抄錄他的詩，極個別處有點評。然後是范伯子，范家與陳家有姻親關係。第四個是柯劭忞，第五個是嚴復，有較多的評注。第六個就是陳寅恪。可見抄者的眼光極高，所抄錄近代名詩，與陳家的趣味非常密切。這個敘述雖然大體不差，但只是我當時的一般閱讀感覺，現在看來甚為表面。

事情已過去七八年了，沒有人留意此抄本。我現在判斷它是唐篔書陳寅恪詩抄本之一，是因為我注意到此抄本和《陳寅恪先生遺稿》拍賣圖錄中第九七號拍品《投筆集》抄本的形制完全相同：同為十行二十字藍格「青塘稿紙」抄寫，同有紅、墨筆校對痕跡，紅筆係硬筆，裝訂形式相同，抄本整體筆跡（主要是正文注解的雙行小字）形式字體完全相同。兩抄本蟲蛀線路大體相同，可證兩書是排在一處的。抄本開本符合陳家後人回憶的「近正方體的大本子」。

「萬本」所抄六詩人中，陳寅恪排在最後，符合舊時文人謙遜習慣，可以旁證係唐篔書陳寅恪詩抄本之一。抄本最後一首陳詩為〈送朱少濱教授退休卜居杭州〉，可以判定抄錄時間在一九五一年後。

陳寅恪一九四九年後的舊詩和學術研究，多有他對當下生活的感受在其中。陳寅恪的一個獨特視角是借清人相同或類似處境來表達自己的生活狀態和真實心情，或者說陳寅恪強烈的「遺民心態」要借抄錄有類似經歷的清詩來表達，如果這個判斷稍嫌過分，那麼至少我們可以判斷他當時的心情與這些詩傳達的情緒相合，不然陳家不會用心抄寫這些清詩。

「萬本」起首完整抄錄歸莊詩，似不無深意。〈萬古愁曲〉是歸莊明亡後所做鼓詞，恰好應證陳寅恪當時的心情。胡文輝箋釋陳寅恪詩即注意此點。他在箋釋陳詩「東海南山下潠田」時認為，歸莊和錢謙益雖然政治出處迥異，但不妨其仍有私誼（下冊第七九三頁）。胡文輝再釋陳詩「終剩歸莊萬古愁」時，理解為錢謙益未聽柳如是的勸告，在滿清兵臨城下時不能殉國以保全名節（同上第八八一頁）。

「萬本」何以完整抄錄曾剛甫《蟄庵詩錄》？其實也是陳寅恪以曾剛甫身世自況。曾剛甫是嶺南名詩人，曾在清朝為官，入民國後不仕。梁啟超輓曾剛甫的聯語上聯是：「不食民國粒粟，不染清宮點塵，關節耐歲寒，故都遺老一人而已。」曾剛甫過世後，遺詩由梁啟超、葉恭綽負責刊刻，於此可見陳寅恪對《蟄庵詩錄》的興趣。

柯劭忞曾教宣統讀書，入民國後，以前清遺老自居，除接受主持纂修《清史稿》一職外，其他都不肯受。

范當世晚年不受清廷之聘，流落江湖，客死他鄉。

嚴復在辛亥後，受袁世凱之命出長北大校長一職，民國四年，嚴復參與袁世凱帝制活動，為籌安會發起人之一，世人對此多有物議。「萬本」抄錄嚴復〈癸丑上巳任公禊集萬生園分韻敬呈四首〉後，有批註：「幾道新學為中國開山之祖而舊學所造亦高如此四詩不易及也。」

由此可見，「萬本」所錄詩人頗具深意，而這種眼光與陳寅恪當時思想及內心感受恰好相似，在新舊轉折時，這些詩人的出處，為陳寅恪關注，抄錄他們的詩，是寄託陳寅恪情緒的一種主動選擇。雖然「萬本」有羅孟韋家散出一說，但即令確為羅家散出，也僅有借閱陳家未還這一種可能。另外，廣州羅家散出的舊書，何以會脫離其它陳氏遺稿，孤立流落在北京一個舊書攤上？這種情況倒是更增加了我們尋找其它陳氏遺稿的信心。

「投本」和「萬本」從紙張到書寫完全相同，所抄清詩在內容深意上亦相通，雖然正文字體並不一致，但多數為唐篔筆跡，斷為唐篔書陳寅恪詩抄本，似無大錯（「萬本」中還夾有一張廣州「李同記文具」散頁稿紙，墨筆抄錄了陳寅恪〈清華園寓盧手植海棠戊子三月十九日作〉、〈庚寅仲夏友人繪清華園故居圖見寄不見舊時手植海棠感賦一詩即用戊子春日原韻〉二詩，未簽名鈐印，由字跡判斷，為唐篔抄寫）。

如果唐篔書陳寅恪詩抄本係五冊的假設可成立，那麼此兩冊為同一類型抄本，目前已現世。另三冊唐篔書陳寅恪詩謄清稿，我推測也可能還在整體部分的陳氏遺稿中，如果日後再有陳氏遺稿現世，唐篔書陳寅恪詩謄清稿在其中的可能性極大。

朱浩熙《蔣天樞傳》中有這樣一條材料：「在社會和陳先生女兒多年不間斷的努力下，一九八七年初秋，大學有關方面終於歸還了塵封二十年之久的陳先生三冊詩稿和署為一九六六年六月修改的《寒柳堂記夢未定稿》。三冊詩稿封面上，有造反派留下的罪惡痕跡——五個用毛筆字書書寫的黑字『陳寅恪黑詩』。陳美延將原稿的影本速寄上海。」（第二六八頁）。

一九八七年九月六日，蔣天樞致朱子方信中提到，他收到詩稿複印本若干頁，大部分是晚年所做，他沒有見過。然後對《寒柳堂記夢未定稿》的稿本做了說明。此即《寒柳堂記夢未定稿》中「新稿本」與「蔣本」的來源，「新稿本」由石泉整理，一九九四年刊出，後一併收入《陳寅恪集》中。據石泉整理記中說，此「新稿本」即是一九八七年發還家屬的。

《陳寅恪集‧詩集》編後記中提到此事，敘述是「為了尋回這些遺失的詩文稿，我們又經多年不間斷的努力，於一九八七年再收回了一些」（第二三二頁）。

綜合已上材料，參證《陳寅恪集・詩集》、《也同歡樂也同愁》中零散陳詩抄本散頁影印件，大體可以判斷唐篔書陳寅恪詩抄本三冊已在一九八七年發還陳家後人，三冊抄本也曾複印寄給蔣天樞。

我現在想提的問題是目前關於此三冊抄本的敘述，似乎略有隱情，即有可能見過此三冊抄本的人，沒有對此抄本的完整情況加以披露。一九九七年《陳寅恪先生編年事輯》增訂本出版，對此沒有明確說明。二〇一〇年，卞僧慧《陳寅恪先生年譜長編》出版，對此也無完整敘述。

陳詩是研究陳寅恪內心世界的重要材料，按嚴格學術規則說，如果已知陳詩抄本存在且能確定具體保存者，應當完整影印出版才是研究陳詩的最好方式，因為原抄在學術研究中占重要地位。

現在陳詩抄本沒有影印出版，給研究陳詩帶來一些不必要的麻煩（比如字句、詩題、自注等差異，如原抄本中有零星字跡還可幫助理解陳詩等），會增加研究陳詩的難度。當然陳詩抄本的影印權是確定的，他人無權責難，我只是從一個研究者角度，感覺此事有點遺憾。陳寅恪已是歷史人物，盡可能充分展示與他相關的史料，也是對他最好的紀念。

四、簡短結論

唐篔書陳寅恪詩抄本問題的提出，源於陳家後人記憶，而記憶難免有不確處。如今「投本」和「萬本」已現世，雖已分離，但合為一處影印出版以嘉惠學林，是極容易之事。如果單看「投本」，容易理解為僅是陳寅恪為寫錢柳因緣作史料準備，而「萬本」出現則提升了兩抄本的研究價值。因「萬本」不僅有陳寅恪本人的詩，更有陳寅恪批註，還有其它刻意選抄的清詩，足見陳寅恪當時內心世界。兩冊抄本的順序應是「投本」在前，「萬本」從後，所以「萬本」封面、內文沒有題簽，也無鈐印。

「投本」和「萬本」現世，從邏輯上說，也可證明王健全、胡守為以往關於唐篔書陳寅恪詩抄本下落的回憶是誠實的，唐篔書陳寅恪詩謄清本，不可能在陳氏遺稿散亂中為人有意單獨抽出，自然此事與胡守為也就沒有關係，應當還他清白。

陳寅恪《論再生緣》太原流傳之謎

我離開太原到廈門的前三四年間，每逢週末常到太原南宮古玩城樓上的博古齋閒聊，太原博古齋是上海博古齋在太原的分店，主人原晉曾在山西古籍書店工作，早就認識，但無交往，只知道他和韓石山、降大任早有往來。原晉對古籍版本非常熟悉，每次閒聊，話題不外中國古籍和學者間的一些趣聞。

我在原晉那裡親見過陳寅恪《論再生緣》的原本，油印一冊，書品極佳。關於本書的形制，現在人們早已熟悉，我就不多說了，我奇怪的是何以太原會有這樣一本書流傳？

我曾問過原晉此書得自何處？他說是前些年在太原南宮舊書攤上買到，原晉運氣比我好，因為我也常來這裡閒逛，沒有遇見，說明和這本書無緣。原晉遇到了，讓陳寅恪和太原發生一點關係，也是一位大學者對地方的恩澤。

《論再生緣》是陳寅恪一九五四年油印的一本小書，當時只送過很少的人，後來香港友聯的印本，據說是章士釗帶到香港的，余英時最初所見到的就是這個本子，這在陳寅恪研究中是為人熟知的。

《論再生緣》具體的印數，我們一時難以確切明瞭（據說只印了一〇五冊，送中山大學五冊），但油印這個技術條件決定了不可能很多，再說陳寅恪對自己著作在當時的流傳也很謹慎，想來流傳的範圍很小，太原不是文化中心，這樣一本印數和流傳都極有限的書，何以會幾十年後出現在太原的舊書攤上？

我想這本《論再生緣》流傳到太原可能有兩個管道，一是陳寅恪親自將此書贈送他在太原的熟人（包括親屬、學生和朋友），二是在太原的學者仰慕陳寅恪，輾轉得到本書。如果此書是陳寅恪親自贈送友人的，一般說來會在書上題款，但我在原晉處見到的此書即無印章也無題款，而陳寅恪和山西學者具體交往的情況，我們一時還瞭解的極少，常風先生在世的時候，我也問過他和陳寅恪的關係，記得他只說過非常佩服陳寅恪。我想還是後一種可能性較大，是當時山西史學界知名學者手中的書，因為一般讀者不具備得到此書的前提。

上世紀五十年代，山西大學歷史系梁園東、閻宗臨、郭吾真、常紹溫、王守義、張一純等教授，和國內一流學者間多有聯繫和交往，所以此書很可能來自他們當中。陳寅恪當時在廣州，山西大學歷史系教授中和廣州聯繫較多的是常紹溫教授，她後來離開太原回到了廣州中山大學，也許本書會是她家中散出之物？還有一種可能是，我一時記不起在何處讀過一篇文章，其中回憶說陳寅恪一個弟弟的兒子（不一定準確），曾在上世紀六十年代下放到晉東南一帶，在中學還是在一家工廠，愛寫詩，本書或許也與他有關。最後一個猜測是陳寅恪的學生、北京大學教授王永興文革時期被下放太原，《論再生緣》流到太原，有可能與他相關。

以上這些猜測沒有任何證據，只是一點邏輯推想，如果能有知其事者把此事說清楚，對研究陳寅恪著作的流傳會有幫助。

今年八月間我回太原看朋友，在博古齋見到原晉兄，順便提及此書，想再看看，原晉兄說他已將此書送給一位朋友，我也就不便再細問此書的下落了。但我們現在可以確定，上世紀五六十年代，這本油印的《論再生緣》也曾是山西學者的讀物，他們對陳寅恪先生的敬意也自在不言中了。

陳寅恪與毛澤東

我們現在見不到毛澤東和陳寅恪有直接關係的材料，但有兩個間接材料，大體可以說明毛澤東對陳寅恪的印象。陳寅恪的祖父陳寶箴在湘政聲極隆，按一般邏輯推斷，毛澤東應該清楚陳寅恪的家世並對他有好印象。我過去多次在相關文章中引述過潘國維撰寫的〈中山大學的部分教授對關於《紅樓夢研究》問題的討論抱著抗拒態度〉這則材料（《內部參考》第二八二期第一四一頁）。

一九五四年，批判《紅樓夢》運動開始時，陳寅恪非常反感。當時新華社記者曾向上反映，在中山大學，對關於《紅樓夢》研究問題的討論，抱著不滿和抗拒態度的以老教授居多。其中特別提到「歷史系教授陳寅恪說『人人都罵俞平伯，我不同意。過去你們都看過他的文章，並沒有發言，今天你們都做了共產黨的應聲蟲，』正所謂『一犬吠影，百犬吠聲』。」同年底，陳寅恪還寫〈無題〉一首，再次對這一事件中許多人的態度表達了他自己的看法。

到了一九五五年，科學院學部委員選舉中，陳寅恪能不能當選就成了問題。當時科學院負責此事的是山西人張稼夫。上世紀八十年代初，他回太原，做了一個口述回憶，由李東為和黃徵記錄，黃徵後來做了太原市委宣傳部長。這本書出版時用了《庚申憶逝》這個書名。張稼夫回憶，對於學部委員的選舉「自然科學部門並不感到困難，比較難的是社會科學部門。社會科學這個部門定學位沒有個明確的標準，特別是科學院黨內的一些同志，沒有多少社會科學的著作。但他搞得工作是社會科學，他們在實際工作中能夠運用辯證唯物主義和歷史唯物主義，能講馬克思主義理論，就是來不及寫多少文章和不會著書立說，其中有一些人也有不少著作，這些人不進學部也不大合理。實事求是的辦吧，後來還是在這些同志中定了一批學部委員。在這個工作中，矛盾最尖銳的是研究隋唐五代史的歷史學家陳寅恪，他是這個學科的權威人士，不選進學部委員會不行，他下邊一班人也會有意見。若選他進學部委員會，他卻又一再申明他不信仰馬克思主義。我們只好請示毛主席，毛主席批示：『要選上』。這樣，陳寅恪就進了哲學社會科學的學部委員會」（該書第一三一頁）。政治家總是比一般文人要有氣量，不管出於何種考慮，在這件事上，毛澤東表現出了他政治家的氣度。

眾所周知，批判俞平伯的《紅樓夢研究》，其深義不在俞平伯和他的研究，而在清除胡適思想在中國知識界的普遍影響。一九五五年五月十一日，中宣部給中央打了一個報告〈關於胡適思想批判運動情況和今後工作的報告〉。《建國以來毛澤東文稿》第五冊中收有毛澤東對這個報告的批示：「劉閱後照發」。劉是劉少奇。《建國以來毛澤東文稿》對中宣部的報告有一個簡略的概述，按嚴格的學術規則，本來應該將此報告原文附上，而現在沒有原文附出，一定是編者認為報告中有不適於公開的內容。（詳該書第一四一至一四二頁）。

一九五五年六月，中央同意並批轉了中宣部的報告。批示中說：「中央同意中宣部〈關於胡適思想批判運動情況和今後工作的報告〉，現轉發給你們，望加研究，並據以指導本地的運動。」（《宣傳通訊》一九五五年第十九期第三八頁）

在這個報告中特別提到：「個別的人，如中山大學教授容庚，則在去年十二月的討論會上公開發言為胡適的『學術成績』辯護，並要求中大校刊發表他的發言稿（該刊發表了他的發言稿，並發表了批評文章）。中山大學教授陳寅恪則更惡毒地污蔑這次批判運動，罵別人做了『共產黨的應聲蟲』，是『一犬吠影，百犬吠聲』」（第四十頁）顯然，中宣部的報告來源於新華社的情報，因為引述原文相同，可以判斷為同出於一個資訊源。我們做個簡單分析：

中宣部報告比原來新華社情報對陳寅恪的判斷更嚴厲，用了一個全稱的肯定判斷：「中山大學教授陳寅恪則更惡毒地污蔑這次批判運動」。毫無疑問，這個判斷是中宣部起草報告時加上去的，新華社的情報中沒有這個提法。依據《建國以來毛澤東文稿》的編輯慣例，如果是毛澤東修改的，文稿會特別注明，現在沒有注明，至少說明毛澤東認可了報告中對陳寅恪的定性。這個事例提醒人們，高層對許多歷史人物的判斷，其實主要依賴下層提供的基本事實，因為對日理萬機的政治家來說，他們不可能關心到很多事物的細部。如果中宣部在報告中不用「更惡毒地污蔑」，作為一般工作報告，也無不可，但如果用了，高層有可能不留意，有可能也就自然認可，以後事情在這些方面就會發生極大變化，有些小事就變大了。

現在的問題是，中宣部起草報告的公務員何以會對陳寅恪這樣仇視？如果沒有這樣的態度，我們推測，就是起草報告的公務員這樣寫了，他們要先報給胡繩秘書長，胡繩要報給周揚副部長，周揚要報給陸定一部長，而事實是在這個環節中，無人不是以「寧左勿右」的方式行事，在這三個環節，其中任何一人都可按工作慣例，自然刪除「陳寅恪則更惡毒地污蔑」這幾個形容詞，但事實是沒有，而處在這個環節中的胡繩、周揚、陸定一，後來都受過這種思維的害。中國上世紀五十年代發生相當多的文化事件，其根源皆出於此，遇事不顧事實，凡事往「左」說，小事往「大」說，最後必然導致人人自危的結局。

陳寅恪與錢鍾書

我們談論錢鍾書和陳寅恪的關係，先要從錢鍾書和陳寅恪的父親陳散原說起。

錢鍾書一生最愛好的是中國的舊體詩，他在這方面的修養，達到了相當高的程度，特別是他對宋詩的熟悉和見解，可以說代表了這方面研究的最高水準。陳散原是清末民初最著名的詩人，是「同光體」詩派的代表性人物。他的詩集名字叫《散原精舍詩集》。

「同光體」是中國近代詩派之一。同光指清代同治、光緒兩個年號。光緒九年（一八八三）至十二年間，鄭孝胥、陳衍開始標榜此詩派之名，指「同、光以來詩人不墨守盛唐者」。開派詩人還有沈曾植、陳三立。

「同光體」詩分閩派、贛派、浙派三大支。三派都學宋，而宗尚也有不同。「同光體」詩人的詩，早期主張變法圖強、反對外國侵略的內容，而後期較多的則是寫個人身世、山水詠物。清亡以後，大都表現舊思想。「同光體」所以能在清末盛行，原因是清代神韻、性靈、格調等詩派，到道光（一八二一至一八五一年）以後，已經式微，「同光體」的關鍵人物是陳衍。民國初年，「同光體」的詩風又影響了南社，這個詩派至一九三七年告終結。

因為「同光體」詩派主要是宗宋詩，錢鍾書自然會對這個詩派的創作非常留意。關於這方面的情況，錢鍾書晚年公佈了他和陳衍在一九三八年的一次談話，名為《石語》，諸位可以找來一讀。錢鍾書的父親錢基博曾和陳散原有過一些交往。《石語》中對陳散原詩的的評價是：

陳散原詩，予所不喜。凡詩必須使人讀得、懂得、方能傳的得。散原之作，數十年後恐鮮過問者。早作尚有沉憂孤憤一段意思，而千篇一律，亦自可厭。近作稍平易，蓋老去才退，並艱深亦不能為矣。為散原體者，有一捷徑，所謂避熟避俗是也。言草木不曰柳暗花明，而曰花高柳大；言鳥不言紫燕黃鶯，而曰烏鴉鴟梟；言獸切忌虎豹熊羆，並馬牛亦說不得，只好請教犬豕耳。丈言畢，撫掌大笑。

《圍城》裡提到到陳散原：

斜川停筆，手指拍著前額，像追思什麼句子，又繼續寫，一面說：「新詩跟舊詩不能比！我那年在廬山跟我們那位老世伯陳散原先生聊天，偶爾談起白話詩。老頭子居然看過一兩首新詩。他說還算徐志摩的詩有點意思，可是只相當於明初楊基那些人的境界，太可憐了。女人做詩，至多是第二流，鳥裡面能唱的都是雄的，譬如雞。」（《圍城》第九十頁，人民文學出版社，一九九一年）。

《圍城》裡有一個情節，在蘇文紈家，詩人董斜川者和方鴻漸、蘇小姐談到近代的詩人。方鴻漸說董斜川的國文老師叫不響，不像羅素、陳散原這些名字，像一支上等的哈瓦那雪茄，可掛在口邊賣弄。這是《圍城》中第一次提到陳寅恪的父親。

蘇小姐道：「我也是個普通留學生，就不知道近代的舊詩誰算頂好。董先生講點給我們聽聽。」

「當然是陳散原第一。這五六百念年來，算他最高。我常說唐以後的大詩人可以把地理名字來概括，叫『陵谷山原』。三陵：杜少陵，王廣陵──知道這個人麼？──梅宛陵；二谷：李昌谷，黃山谷；四山：李義山，王半山，陳後山，元遺山；可是只有一原，陳散原。」說時，翹著左手大拇指。鴻漸懦怯地問道：「不能添個『坡』字麼？」

「蘇東坡，他差一點。」（第九十七、九十八頁）

三陵：杜少陵：杜甫。王廣陵：王令。梅宛陵：梅堯臣。二谷：李昌谷：李賀。黃山谷：黃庭堅。四山：王半山：王安石。李義山：李商隱。陳後山：陳師道。元遺山：元好問。一原：陳散原。然後引了好多詩，錢鍾書特別提了一句方鴻漸「沒讀過《散原精舍詩》，還竭力思索這些字句的來源。」

錢鍾書在《圍城》中的這個情節，對於我們理解他和陳寅恪的關係有幫助，或者說理解錢、陳兩家的關係都有幫助。至於這個情節的意味是正面肯定，還是略帶譏諷，可以見仁見智。錢基博《現代中國文學史》講「宋詩」部分，第一個就是陳散原，對他的評價極高，並同時認為他的三個兒子都能詩，但在兒子輩中只講了陳衡恪、陳方恪的詩，沒有講陳寅恪的詩，但從他的判斷中，可以知道，他對陳寅恪還是瞭解的。錢鍾書對他父親的這本書極熟悉，有好多觀點也相同，這可以理解為是錢鍾書較早對陳寅恪的認識和評價。

錢鍾書是清華畢業，在他進校前，陳寅恪曾是清華國學院著名的四大導師之一，但他們在清華好像沒有聯繫，到了一九三八年後的西南聯大，錢鍾書和陳寅恪有一段時間也同在一處教書，但也沒有見到有他們往來的史料記載。

我們現在還沒有見到過錢鍾書和陳寅恪的直接交往記錄。這些年關於錢鍾書的交遊，已經考證得很細緻，但我還沒有見到這方面的直接史料。所以大體可以判斷為錢鍾書沒有見過陳寅恪。據侯敏澤回憶說，陳寅恪完成《元白詩箋證稿》後，曾寄給過錢鍾書一本。可見他對錢鍾書是認可的。蔣天樞上世紀七十年代末編纂《陳寅恪先生編年事輯》時，曾請錢鍾書細校過原稿，此事錢鍾書給鄭朝宗的信中曾有提及。

鄭朝宗〈但開風氣不為師〉一文，開首即提到吳宓的一個看法：

> 已經是將近半個世紀以前的事了。一天，吳宓教授和幾位青年學生在清華園的藤影荷聲館裡促膝談心，興趣正濃，吳先生忽發感慨說：「自古人才難得，出類拔萃、卓爾不群的人才尤其不易得。當今文史方面的傑出人才，在老一輩中要推陳寅恪先生，在年輕一輩中要推錢鍾書，他們都是人中之龍，其餘如你我，不過爾爾！」吳先生的可敬之處就在胸懷磊落，從不以名學者自居，這回竟屈尊到把自己和二十幾歲的大學生等量齊觀，實在是出人意料之外的。那時陳寅恪先生正在中年，以其博學卓識，不僅在清華一校，而且在國內外學術界早已聲名籍籍；錢鍾書雖已畢業離

校，但也只有二十三四歲，讀書之多，才力之雄，給全校文科師生留下了極深的印象，甚至被譽為有學生以來所僅見。光陰如逝水，一轉眼就是五十年，如今陳、吳二先生已歸道山，錢先生雖健在，但也年逾古稀，皤然一叟，無復當年玉樹臨風的模樣了。

錢鍾書在西南聯大的時候，曾和一些同事有矛盾，其中幫助他的就是吳宓和馮友蘭，在錢鍾書的去留問題上，吳宓曾與陳寅恪談過，陳寅恪的意思是此事不能強求。這方面的史料，我在上次講錢鍾書和馮友蘭的關係時，曾抄過吳宓的日記，這裡就不多說了。

現在一般認為，錢鍾書對陳寅恪的評價不高，主要是依據這樣一則史料：一九七八年，錢鍾書在義大利的一次學術會議上曾批評過陳寅恪。這篇文章的題目是〈古典文學研究在現代中國〉。這篇文章先是在海外發表的，收在《錢鍾書研究》第二輯上，諸位可找來一讀。

錢鍾書那段話是這樣的：

解放前有位大學者在討論白居易《長恨歌》時，花費博學與細心來解答「楊貴妃入

> 宮時是否處女？」的問題——一個比「濟慈喝什麼稀飯？」「普希金抽不抽煙」等西方研究的話柄更無謂的問題。今天很難設想這一類問題的解答再會被認為是嚴肅的文學研究（第六頁）。

陳寅恪在西南聯大講過「楊玉環入宮前是否處女的問題」，《元白詩箋證稿》第一章《長恨歌》箋證中，也詳細討論了這個問題。牟潤孫曾指出，這個問題並不是陳寅恪先提出來的，而是清人朱彝尊、杭世駿、章學誠討論過的一個老問題。它關係到楊玉環是否先嫁過李隆基的兒子李瑁，然後李隆基是通過什麼手段得到了她。這一完全不合中國倫理道德的問題，其實關涉到李唐王室的血統、習俗，以及唐代社會習俗裡華夷之辨的問題。也就是《朱子語類》中說的「唐源流於夷狄，故閨門失禮之事不以為異」。余英時在陳寅恪去世後所寫的回憶文章〈我所認識的陳寅恪〉一文中，也認為陳寅恪的考證是有道理的，不能認為是瑣細的、不重要的、無價值的。

錢鍾書這裡批評陳寅恪，其實涉及到了一個中國文學批評和歷史研究中的重要方法問題，就是人們經常提到的「以詩證史」「詩史互證」。關於這個問題，有兩篇文章諸位如果有興趣可以找來看一下。一篇是胡曉明的〈陳寅恪與錢鍾書：一個隱含的詩學範式之爭〉

（見《上海社會科學季刊》一九九七年第二期），網上也可以找到。另外一篇就是李洪岩的《錢鍾書與近代學人》中有一篇專門講錢鍾書和陳寅恪比較的，主要談了這個問題。

對這個問題，他們都講得很專業。我個人只做一點通俗理解。一是「以詩證史」，要看「詩」的具體情況和「史」的具體情況，不能簡單理解。在沒有其它相關史料支援的情況下，「以詩證史」不能不說是一種方法。二是詩雖然主要是藝術品，是以虛構和想像為主要特徵的，它在「證史」的過程中，主要還是強調一種超越直接史料的想像力，只要時間、空間和具體社會情況能合為一體，在這個前提下利用「詩」來證「史」是一種高級的聯想方式，對研究歷史很有幫助，但這種方法，非在對研究的相關歷史精熟和對相關史料完全瞭解的情況下，一般不好使用。

我個人理解，錢鍾書並不是完全否定這種方法，而是不贊成陳寅恪把這種方法較多地用來理解詩歌，特別是不贊成用詩來坐實歷史的作法。後來錢鍾書在《管錐編》、《宋詩選注序》等文章中，多有批評這種方法的文字，雖然沒有直接點出陳寅恪，但明眼人可以看出是說的什麼事情，也能看出是指向何人。到了楊絳出版《關於小說》的時候，書的第一篇文章〈事實——故事——真實〉中也不贊成陳寅恪的看法，楊絳在正文中沒有提到陳寅恪的名字，但在注釋中多次提到了陳寅恪和《元白詩箋證稿》，楊絳的看法，大體也就是錢鍾書的觀點。

至於坊間流傳錢鍾書看不起陳寅恪的說法，也只是傳聞。湯晏在他的《一代才子錢鍾書》中用了一則新史料。他說一九八〇年，陳寅恪弟子蔣天樞整理先師遺稿時，曾求助於錢鍾書。錢鍾書和夏志清通信時曾提及此事。「我正受人懇託，審看一部《陳寅恪先生編年紀事》稿，材料甚富，而文字糾繞冗長，作者係七十八歲的老教授（陳氏學生），愛敬師門之心甚真摯，我推辭不提，只好為他修改。」（第三二二頁）。

湯宴同時提到楊絳的看法：「鍾書並不贊成陳寅恪的某些考證，但對陳的舊詩則大有興趣，曾費去不少時間精神為陳殘稿上的缺字思索填補。蔣天樞中風去世後，他這份心力恐怕是浪拋了。能說錢對陳頗有『微詞』而看不起陳嗎？我不能同意」（第三二二頁）。

錢鍾書和陳寅恪的關係，可以比較的地方很多，現在也有一些這方面的著作，但多數是在抽象的意義上比較，我今天講他們兩人的關係，是用史實來說明他們兩人的關係，是一種事實比較。

最後說一點，在中國現代知識份子中，錢鍾書和陳寅恪都是極有個性的人，對自己生活的時代也非常敏感。一九四九年以後，他們同時代的學者中，極少不和時代附和的，也很少有在歷次政治運動中一言不發的，而錢鍾書和陳寅恪在這一點上倒是暗合，是比較好保持了獨立知識份子品質的。至少我們現在還沒有看到過他們寫的批判別人的文章，在一九四九年後，能做到這一點是非常不容易的，保持內心的獨立和人格的完整是這兩個知識份子共同的地方，至於相互間有什麼看法並不很重要。

錢鍾書比陳寅恪小二十歲，已不是一代人了。錢鍾書的專業是文學，而陳寅恪的專業是歷史。只是在涉及文學的交叉領域，他們才產生學術上的比較問題。

陳寅恪與唐稚松

一位臺灣朋友要我代尋一冊唐稚松的詩集《桃蹊詩存》，我很快為他覓得。此書二〇〇五年作家出版社曾印過，我估計是自費印刷，所以不常見。此書最早版本為一九九五年六月自印本，大十六開，電腦排版印刷，裝訂簡陋。我留意自印詩集的基本前提是凡打字、電腦排版的都不要，因多少有點印刷上的小趣味，有時候很有內容的詩集也就放棄了。

唐稚松是西南聯大哲學係學生，湖南長沙人。中國著名的電腦軟體專家，中科院院士。桃蹊是他的筆名。宗璞有一篇散文曾提到他在美國訪問王浩的情景，說當時唐稚松也在座。宗璞寫唐稚松：「他一九四八年到香港，我父親寫信叫他回來，他就回來了。唐兄現任中科院學部委員，一項研究成果獲國家自然科學一等獎，為國家人民作出了貢獻。除是科學家外，他還是詩人，舊詩格調極高，有『志匯中西歸大海，學兼文理求天籟』之句。一九五一年陳寅恪先生曾專函召他赴穗任唐詩助教，可見造詣。他因另有專長，未能前往。」

宗璞提到的這件事是指一九五〇年九月十八日陳寅恪給吳宓信中對唐稚松的評價，原話是「唐稚松君函及詩均佳，信是美才也。」唐稚松在西南聯大讀書時是金岳霖的高足，曾與吳宓和陳寅恪有交往，舊詩修養極好，當時吳宓向陳寅恪推薦了唐稚松。

《桃蹊詩存》中有三首涉及陳寅恪。第一首是〈題陳寅老《柳如是別傳》後〉，寫於上世紀八十年代，全詩如下：

風雨南朝遍野哀，一枝奇豔出塵埃。
通儒況復能兼俠，絕色尤難更負才。
紅玉豪情終夢幻，綠華仙跡任湮埋。
誰憐十載衰翁意，專為沉冤掃劫灰。

第二首是〈題陳寅老《寒柳堂集》〉，全詩如下：

五洲風雨海隅開，一代驪龍起九垓。
文史百年公獨步，門牆廿載我遲來。
春秋恨事丘明瞽，嶺表詩情玉局哀。

忍見神州喬木賤，秦灰中有世稀材。

本詩頷聯後有唐稚松自注：「公於一九五一年曾函召赴穗隨侍作唐詩助教，因故未克赴命。延至一九七三年始因事赴穗，拜謁先生故居，時公已謝世四年矣。」（《桃蹊詩存》第十七頁，自印本）。

第三首是〈讀《吳宓與陳寅恪》，懷雨僧師〉，全詩如下：

嘉陵殘月別公時，蜀道春深一棹遲。
豈料飄搖風雨夕，衰翁猶想學生詩。

本詩唐稚松有兩處自注，一處是「一九四八年夏別吳師時情景，今猶歷歷在目。」另一處是：「讀《吳宓與陳寅恪》（第一三〇頁），始知一九五〇年寅老致吳師書中尚評及稚松詩作，時正兩師行旅飄搖之際，猶繫心於此。四十年後讀之，真不知感愧之何從也」（第二十四頁）。

這三首詩並不難解，從中可以讀出唐先生對吳陳二師的感情以及對困境中保持獨立精神的讚歎，更有值中國文化劫難時，對吳陳二師悲劇命運的嘆惜。

陳寅恪與金蜜公

一九五〇年九月十八日，陳寅恪給時在成都的吳宓寫過一信，信中同時抄錄了一首詩〈庚寅廣州七夕〉。陳寅恪在信中最後說：「前寄金蜜公一信中有近作一首，未知蜜公轉寄上否。茲再附錄於下，若遇邵潭秋君，請便中交於一閱」（《陳寅恪集・書信集》第二六九頁）。

信中邵潭秋為人熟知，而金蜜公其人很陌生。《吳宓日記續編》註腳對金蜜公的介紹是：「湖北漢陽人。上海美術專科學校畢業。能詩善繪。久任中學教員。一九五七年被劃為右派，一九八〇年得到改正，後去湖南」（該書第一冊第六三頁，三聯書店，二〇〇六年）。

吳宓一九五五年二月一日、一九五六年四月四日日記，有他曾收到金蜜公由武漢四女中、十九女中寄來詩函的記載，可知當時金蜜公具體供職場所，《詩三百》中一詩題為〈評閱湖北省高等學校新生試卷第二日遊抱冰堂二首〉，可知他當時確在中學教書。

目前所知，一九四九年後，與陳寅恪仍保持書信後往來的人並不很多，如盡可能瞭解當時陳寅恪來往朋友的情況，有可能尋找到相關史料，也有可能發現陳寅恪的舊詩，比如近年新披露龍榆生和陳寅恪的往來書信即是一例。

我查了金蜜公一九五六年在武漢自印詩集《詩三百》，詩集為鉛印洋裝，三十二開本。詩集前後沒有任何說明文字，只扉頁原件影印了葉聖陶的題詩，抄出如下：

舊體新裁各有定，向持此論乃今疑；
新題境界誠無隔，未必難為舊體詩。
展誦斯編三百絕，從知存想略相同；
新題累累如珠貫，妙緒翩翩入意中。

奉題

蜜公先生詩卷一九五六年九月葉聖陶

我原想由此詩集中發現有關陳寅恪的史料線索，但細檢一遍，終無所獲。但由此集注釋中，大體可以看出金蜜公身份和交遊。

詩集全為絕句，其中有一首〈中秋國慶又星期，假日牽情我費辭；低首普希金最久，本來清麗轉雄奇。〉此詩後有作者自注：「余嘗用金希普筆名」，詩集中還曾流露他自印過一冊《五月集》。

《詩三百》共收一九五三至一九五六年間所作絕句，金蜜公詩藝嫻熟，但多為趨時之作。一九六一年八月，吳宓往廣州看望陳寅恪時，曾在武漢停留，在武大舊友何君超家中見到金蜜公的《詩三百》。吳宓在日記中曾有記述：「君超出示金蜜公一九五六年印行之《詩三百》（七言絕句三百首）」（一五三頁）。

金蜜公是一書畫家，與畫壇黃賓虹、齊白石、陳半丁、唐醉石、徐悲鴻、沈尹默等均有交往，與蔣兆和、盛魯、湯文選關係似更密，同時與黃炎培、陳叔通、陳伯達等也曾有往來。由陳寅恪致吳宓信中提到金蜜公的口吻判斷，他們也是舊識，而且當時有正常往來。金蜜公早年常在《永安》雜誌上發表詩作，與邵祖平等舊詩人聯繫不斷，這條線索有可能是今後陳寅恪舊詩再現的一個管道，所以值得關注。

陳寅恪與王雲五

一九四九年夏天，陳寅恪有一首七古〈哀金圓〉，其中有幾句是批評王雲五的，這早已為人熟知。原詩中最有名的是此四句：「眭親坊中大腹賈，字畫四角能安排。備列社會賢達選，達誠達矣賢乎哉。」眭親坊是南宋杭州有名的書鋪，此處借指當時的商務印書館和老闆王雲五，四角號碼檢字法是王雲五發明的，意思不言自明，胡文輝《陳寅恪詩箋釋》中對此詩有詳備解釋。

中國現代史上的「金圓券」事件是王雲五長財政部時的一個舉措，直接導致了當時國民政府的金融崩潰。陳寅恪此詩即寫當時情景。寫金圓券自然要寫到王雲五，但此處陳寅恪批評王雲五，還有一點個人的感情在其中。

一九四一年夏天，陳寅恪一家困居香港，生活十分艱難。我們讀這一時期陳寅恪致傅斯年的書信，感覺幾乎全是為生活瑣事發愁，不是預支即是借款。當時陳寅恪已寫完《隋唐制度淵源略論稿》，交商務印書館，但一直沒有出版，此稿後遺失。一九四一年八月二六日，陳寅恪給傅斯年的信中說：「去年付印之隋唐制度論，則商務印書館毫無消息。因現在上海工人罷工，香港則專印鈔票、郵票。交去也不能印，雖諄托王雲五、李伯嘉亦無益也。」（《陳寅恪集・書信集》第七八頁）。

一九四二年八月一日，陳寅恪又一封致傅斯年的信中說：「弟前年交與商務之隋唐制度論，商務堅執要在滬印，故至今未出版，亦不知其原稿下落如何？（前年弟交稿，數月後許地山方交印其言扶乩之書，而王雲五以其為香港名人，即在港印，故不久出版。商務二字名符其實，即此可知）」（同上第八八頁），此處極見陳寅恪對文字聯想的的敏感。

陳寅恪在香港那一段，心緒極壞，所以凡遇不遂心之事，多有怨言，這種情緒帶到後來的〈哀金圓〉中，遷怒於王雲五也很自然。《陳寅恪書信》中收有陳寅恪致王雲五一封便函，是為介紹顏虛心一篇論文給《東方雜誌》發表請託王雲五的，信寫得相當客氣。

陳寅恪的室名

室名是中國文人風雅習慣之一，室名多有寓意和寄託。陳寅恪的室名，最為人習知的是「寒柳堂」、「金明館」，這兩個室名均與他晚年心境有關，因早有多人詳細考釋，此不備錄。

在陳寅恪那一輩學者中，一向稱名而無字號的學者極少，陳寅恪算是一個，他有名而無字。據蔣天樞《陳寅恪先生編年事輯》中記載，陳寅恪曾對他說過，自己出生時本擬用「鶴壽」為字，但後來未用。

陳寅恪極有個性，不順時流。晚年編文集，自己說是不按作成年月，不按內容性質，隨手便利，《金明館叢稿》即是這樣的體例。陳寅恪也極重文體創新，他講元白詩、韓愈與唐代小說、魏晉南北朝僧徒合本子注等，都是先由文體變化引出與時代關係。他自作論文也是獨創文體，《論再生緣》、《柳如是別傳》最為明顯，考證學術時時加入自己的內心感受，甚至不避大量引述表面與考證無關的個人創作，在中國近世學者論文中獨步一時。陳寅恪幾乎不放過任何文字表達機會，來傳達自己的內心感受。他用室名，其實也不是風雅習慣，而是表達手段。

「寒柳堂」、「金明館」都是他晚年室名，此前從未用過。一九四〇年，陳寅恪在病中完成《隋唐制度淵源略論稿》，他在「附論」中用了一個「青園學舍」，當時陳寅恪還用一枚陽文方印「青園居士」（見《陳寅恪集‧讀書札記一集》第六五〇頁）。〈讀吳其昌撰梁啟超傳書後〉署名是「青園病叟陳寅恪書」。

一九四八年十月，陳寅恪在清華大學寫〈楊樹達論語疏證序〉，最後用了「不見為淨之室」，可以想見其當時的心情。

陳寅恪不是所有時候都用固定室名，而由當時心境決定選擇。他在昆明時期，多直書居處地名「靛花巷」，在桂林時期，也多用居處「雁山別墅」，廣州時期也用「康樂中山大學東南區一號樓上」，凡用室名時，陳寅恪多有特殊心境或另有寓意。一九六四年夏，陳寅恪盡多年之力，鉤沉稽隱，殫精竭慮，完成《錢柳因緣詩釋證稿》，後易名為《柳如是別傳》。稿末有〈稿竟說偈〉一首：

奇女氣銷，三百載下。

孰發幽光，陳最良也。
嗟陳教授，越教越啞。
麗香鬧學，皋比決舍。
無事轉忙，燃脂瞑寫。
成卅萬言，如瓶水瀉。
怒罵嬉笑，亦俚亦雅。
非舊非新，童牛角馬。
刻意傷春，貯淚盈把。

詩後又用了一個新齋名「瞑寫齋」，寓意不言自明。

再說「對對子」掌故

一九三二年，陳寅恪應清華大學國文係主任劉文典之約，代擬試題，此即中國現代學術史上著名的「對對子」掌故。此事曾一度受到外界批評，陳寅恪在給傅斯年的一封信中曾有過很不客氣的表示，後撰〈與劉叔雅論國文試題書〉刊於《大公報》文學副刊公開答辯，前此一月，陳寅恪接受《清華暑期週刊》記者採訪，專門回應此事，後以〈對對子意義〉為題，收入《陳寅恪集・講義及雜稿》中。

一九六五年五月，陳寅恪將〈與劉叔雅論國文試題書〉編入《金明館叢稿二編》時，曾寫有一則簡短「附記」，他先簡單回憶了當年出題情況，再引述了蘇東坡一首七律中的一聯：「前生恐是盧行者，後學過呼韓退之」，指出「韓盧」是犬名，認為「東坡此聯可稱極中國對仗文學之能事」（《陳寅恪集・金明館叢稿二編》第二五七頁）。然後，陳寅恪說：「抑更有可言者，寅恪所以以『孫行者』為對子之題者，實欲應試者以『胡適之』對『孫行者』。蓋猢猻乃猿猴。而『行者』與『適之』意義音韻皆可相對，此不過一時故作狡猾耳。」

依此段回憶，陳寅恪當年出題「孫行者」時，心中已有「胡適之」的絕對，但陳寅恪此處回憶與他當年回答《清華暑期週刊》說法卻大不相同。陳寅恪說：「有人謂題中多絕對，並要求主題者宣佈原對，吾意不然：題對並無絕對，因非懸案多年，無人能對者，中國之大，焉知無人能對？若主題者自己擬妥一對，而將其一聯出作考題，則誠有『故意給人難題作』之嫌；余不必定能對，亦不必發表余所對。」（《陳寅恪集・講義及雜稿》第四四八頁）。

如果對比陳寅恪前後言論，我們可以有兩個判斷，一是當時陳寅恪確實沒有想出「孫行者」的絕對；二是心中有但沒有說。如果承認第一種判斷，陳寅恪一九六五年回憶則不準確；如果承認第二種判斷，則陳寅恪說了謊，這不符合陳寅恪的人格和道德。陳寅恪在回答《清華暑期週刊》時，還具體講了當時閱卷的兩付對子，一是「祖沖之」，一是「王引之」，陳寅恪認為後者更妙，認為「引」勝於「沖」字，「王」是姓氏而同時也有「祖」意，如王父即是祖父之意。如當時他已有「胡適之」的絕對，不會不說。

那麼應當如何理解陳寅恪前後回答不一的問題呢？我以為這是陳寅恪的「文人故作狡獪」，他想表達的是「行者」、「適之」，也即走是對的。

一九六五年五月，陳寅恪寫此「附記」有兩個目的，一是要表達他對馮友蘭轉變的看法，一是要表達他對劉文典和胡適的懷念，他的原話是：「今日馮君尚健在，而劉胡並登鬼錄，思之不禁惘然！是更一遊園驚夢矣。」（《陳寅恪集・金明館叢稿二編》第二五七頁）。過去陳寅恪每提馮友蘭總是「芝生或芝生兄」，奇怪的是此「附記」中則直呼其名，兩用「馮君」，語意中似有微諷。余英時早年解陳詩時，即注意到了陳寅恪此則「附記」的意味。

陳寅恪晚年編書，事涉清華對對子掌故，引發感慨，絕非偶然。他用「胡適之」對「孫行者」，我猜測，意在不忘舊人，暗含「行者」、「適之」之意，即走是對的。因為當年他和胡適同機到寧，然後分手，最後一留大陸一出走海外，胡適小陳寅恪一歲，一九六五年時已去世三年。陳寅恪晚年為文為詩，多有深意。如無痛切感受，何必多此一則「附記」？而且故意錯記當年事實？

「在史中求史識」

俞大維晚年回憶陳寅恪，說他研究歷史是要在歷史中尋求歷史的教訓，即「在史中求史識」。陳寅恪論文中，有很多看似純粹的歷史問題，但細察著述時間並結合當時背景，一眼即可看出他為文的苦心。過去許冠三、余英時、汪榮祖幾位先生都注意到了這一點。他們常舉的例子是西安事變後，陳寅恪寫〈論李懷光之叛〉；一九五一年，中國外交「一邊倒」，陳寅恪寫〈論唐高祖稱臣於突厥事〉等。許冠三對此似有微詞，他在《新史學九十年》中，說陳寅恪這個外表與政治不沾邊的學人，偶爾也弄弄「影射史學」。其實陳寅恪不是「影射史學」，「影射史學」有特殊含義，通常是指高層有意借談歷史事件，而在現實中實現某些具體政治目的。學人自己對現實的真切感受，借歷史事件發明，應當說還是在「史中求史識」。

陳寅恪對中國歷史極為熟悉，他的高明處是現實生活中無論發生什麼事，他都能及時在歷史中尋到極為恰當的同類史實對應，他晚年詩中所以多有高妙比喻，也是豐富歷史知識和高超聯想能力相合的結果，他這個能力在同時代的史學家中，無出其右。他在這方面非常自覺，極有興趣且樂此不疲。陳寅恪晚年的學術工作，其動機也是在從歷史中尋一個與現實極為相似的史實加以發明，因為只有找到與現實相應同時也與個人經歷和情感能產生共鳴的歷史現象，才更適於抒發自己真實的現實感受。最能見出陳寅恪此方面性情的是他寫於一九三二年四月的〈高鴻中明清和議條陳殘本跋〉一文。

〈高鴻中明清和議條陳殘本跋〉是陳寅恪整理的一件清代史料，陳寅恪何以對這一史料產生興趣？關鍵是「九・一八事變」後的中國時局。當時的情況是主戰聲浪高過主和，文人學士多大言高論，迎合群聲。陳寅恪此文即在此背景下完成。

明末崇禎本有與清人議和機會，後因明人陳新甲洩密讓崇禎顏面大失而終告失敗。陳寅恪在本文中抄引了《明史》、《清史稿》相關史料，證明高鴻中議和條陳與史實相合，確有其事。陳寅恪大發感慨：「瀋陽當日明室降臣，其於和議條件，所論至苛。蓋漸染中原士大夫誇誕之風習，匪獨大言快意，且欲藉此以諂諛新主，是誠無恥之尤者矣。其實崇禎季年，雖內憂外患不可終日，然究為中華上國，名分尚存，體制仍在。朝鮮前例，豈得遽以相加？故清廷報書亦僅欲以寧遠為界。與鴻中所陳『以山海（關）為界也罷。』之第二說不甚相遠。此本當時較切情事之議，自異乎外廷誇大之言也。」（《陳寅恪集・金館叢稿二編》第一四四頁）。

陳寅恪對歷史大事有自己獨立判斷，絕對不隨聲附和。在「九・一八事變」之後，陳寅恪更多想的是如何才能不亡國，以圖日後再起。當時中國有見識的知識份子大體均持此論，誰也不會想到後來突然發生了西安事變。

七・七事變後，一九三七年七月十四日，吳宓在日記中說，有一天他和陳寅恪散步談起時局：「寅恪謂中國之人，下愚而上詐。此次事變，結果必為屈服。華北與中央皆無志抵抗。且抵抗必亡國，屈服乃上策。保全華南，悉心備戰；將來或可逐漸恢復，至少中國尚可偏安苟存。一戰則全域覆沒，而中國永亡矣云云。寅恪之意，蓋以勝敗繫於科學與器械軍力，而民氣士氣所補實微。況中國之人心士氣亦虛驕怯懦而極不可恃耶。宓按寅恪乃就事實，憑理智，以觀察論斷。但恐結果，徒有退讓屈辱，而仍無淬厲湔祓耳」（《吳宓日記》第六冊第一六八頁）。

陳寅恪是以歷史經驗判斷當時事實，但誰也沒有想到後來又發生了「珍珠港事件」，如果沒有偶然的突發歷史事件，應當說陳寅恪由歷史經驗中求教訓的告誡，眼光非常遠大。

在〈高鴻中明清和議條陳殘本跋〉一文最後，陳寅恪說：「楊嗣昌陳新甲等皆主和議，而新甲且奉其君之命而行者。徒以思陵劫於外廷之論，不敢毅然自任，遂至無成。夫明之季年，外見迫於遼東，內受困於張李。養百萬之兵，糜億兆之費，財盡而兵轉增，兵多而民愈困。觀其與清人先後應對之方，則既不能力戰，又不敢言和。成一不戰不和，亦戰亦和之局，卒坐是以亡其國。此殘篇故紙，蓋三百年前廢興得失關鍵之所在，因略徵舊籍，以為參證如此。」

陳寅恪的這個認識應當說持續一生，他晚年撰《寒柳堂記夢未定稿》，講到甲午之役，引述黃秋岳《花隨人聖庵摭憶》中義寧父子對李鴻章的看法，當時陳三立曾有電報給張之洞，內有「請誅合肥以謝天下」之語。陳寅恪認同這個看法：「不在於不當和而和，而在於不當戰而戰」。黃秋岳認為，以合肥之地位，於國力軍力知之甚詳，明燭其不堪一戰，而迫於慈禧之威與書生貪功之切，不惜以國家為孤注，用塞群生之口，這是對國家、對民族最大的不負責任。

陳寅恪晚年說自己「失明臏足，尚未聾啞」，認為自己晚年的著述是「痛哭古人，留贈來者」，明示自己著述包含歷史故實和現實情感，在這個意義上，寒柳堂一九四九年後之著述，全部可當自傳來讀。

陳寅恪與中國小說

一、陳寅恪小說閱讀史

陳寅恪著述中，關於中國舊小說，提到最多的是《紅樓夢》和《兒女英雄傳》，相關論述，劉夢溪、劉廣定、劉克敵和筆者曾有專文論述，此處不贅。

陳寅恪特別喜歡閱讀小說，《論再生緣》一開始，陳寅恪即說他對小說「雖至鄙陋者亦取寓目」，還特別提到自己喜讀林譯小說（《陳寅恪集・寒柳堂集》第六十七頁）。一九四四年十月三日，陳寅恪在給傅斯年的一封信中說：「知將有西北之行……此行雖無陸賈之功，亦無酈生之能，可視為多九公、林之洋海外之遊耳」（《陳寅恪集・書信集》第二六八頁）。多九公、林之洋是《鏡花緣》中周遊海外的人物。陳寅恪隨手寫出，可見對小說《鏡花緣》非常熟悉。

一九四五年，陳寅恪在病中，吳宓曾「以借得之張恨水小說《天河配》送與寅恪」（《吳宓日記》第九冊，第三九五頁）。同年夏天，陳寅恪有詩〈乙酉七七日聽人說水滸新傳適有客述近事感賦〉一首。《水滸新傳》是張恨水一九四〇年初在重慶創作的長篇小說，說明陳寅恪對張恨水的小說很有興趣。陳寅恪的女兒曾回憶：「父親很欣賞張恨水的小說，覺得他的敘述，生活氣息濃郁，尤其是舊京風貌，社會百態，都描繪得細緻生動」（陳流求等《也同歡樂也同愁》第一八四頁）。

一九四五年秋冬兩季，陳寅恪在英國得熊式一所贈英文小說《天橋》後，曾寫有七絕兩首，七律一首。第一首七絕中首句「海外熊林各擅場」，說明陳寅恪同時熟悉林語堂的小說（《陳寅恪集・詩集》第五十四、五十五頁）。

陳寅恪一生文史研究，極重文體，對文體的敏感和自覺是陳寅恪學術中的一個重要關節點。他對中國小說情感的表現方式，特別是對男女情愛表達與文化間關係，也有極為細緻的觀察。陳寅恪說：「吾國文學，自來以禮法顧忌之故，不敢多言男女間關係，而於正式男女關係夫婦者，尤少涉及。蓋閨房燕昵之情意，家庭米鹽之瑣屑，大抵不列載於篇章，惟以籠統之詞，概括言之而已。此後來沈三白《浮生六記》之閨房記樂，所以為例外創作，然其時代已距今較近矣」（《陳寅恪集・元白詩箋證稿》第一〇三頁）。

此段議論表明陳寅恪熟讀《浮生六記》並對其敘閨房私情的表達方式有很高評價。《柳如是別傳》「緣起」中，陳寅恪感慨：「寅恪以衰廢餘年，鉤索沈隱，延歷歲時，久未能就，觀下列諸詩，可以見暮齒著書之難有如此者，斯乃效再生緣之例，非仿花月痕之體也」（《陳寅恪集・柳如是別傳》第四頁）。隨口提到清代以妓女為主角的小說《花月痕》，足證陳寅恪對清代小說的熟悉。《論再生緣》考證陳端生寫作經歷，也提到「否則以端生之才華，絕不至如《平山冷燕》第六回中宋山人之被才女冷絳雪笑為『一枝斑管千斛重，半幅花箋百丈長』者也」（《陳寅恪集・論再生緣》第五十五頁），由此可知陳寅恪對清代小說之熟悉程度。

一九五七年五月，陳寅恪在〈丁酉首夏贛劇團來校演唱牡丹對藥梁祝因緣戲題一詩〉「金樓玉茗了生涯」後有一自注：「年來頗喜小說戲曲」（《陳寅恪集・詩集》第一二六頁），「年來除從事著述外，稍以小說詞曲遣日」（《陳寅恪集・柳如是別傳》上第六頁），說明小說是陳寅恪晚年主要聽讀作品，表明陳寅恪由少年到晚年，對小說的興趣始終未減。但在陳寅恪小說閱讀史中，有一個奇怪的問題需要注意，就是在中國現代小說中，目前所見史料，只發現了他讀過張恨水、林語堂和熊式一的長篇小說，而這幾部長篇小說大體是一般認為的通俗小說，五四以後中國新文學運動中產生的小說，陳寅恪從未提及。陳寅恪少年時期曾隨其兄陳衡恪在日本讀書並與魯迅相識，後魯迅曾將譯作《域外小說集》寄給過陳寅恪（顧農〈陳寅恪與魯迅〉，《魯迅研究月刊》二〇〇二年第五期），揆之常理，喜讀小說的陳寅恪應當對新文學運動以來產生的小說有所措意，但陳寅恪文字中未見提及，此種從未提及或許也表明了陳寅恪的一種態度，而這種態度，我個人猜測大體是一種否定評價，也就是說，陳寅恪可能認為新文學運動以來的中國小說創作沒有產生特別好的作品。

二、陳寅恪的小說觀

陳寅恪認為林譯小說結構精密，即舉哈葛德（Henry Rider Haggard）小說為例。陳寅恪說：「哈葛德者，其文學地位在英文中，並非高品。所著小說傳入中國後，當時桐城派古文名家林畏廬深賞其文，至比之史遷。能讀英文者，頗怪其擬於不倫。實則琴南深受古文義法之薰習，甚知結構之必要，而吾國長篇小說，則此缺點最為顯著，歷來文學名家輕小說，亦由於是（桐城名家吳摯甫序嚴譯天演論，謂文有三害，小說乃其一。文選派名家王壬秋鄙韓退之、侯朝宗之文，謂其同於小說。）一旦忽見哈氏小說，結構精密，遂驚歎不已，不覺以其平日所最崇拜之司馬子長相比也」（《陳寅恪集・寒柳堂集》第六十七頁）。

此段議論表明陳寅恪對中國長篇小說的結構非常敏感，陳寅恪還說：「綜觀吾國之文學作品一篇之文，一首之詩，其間結構組織，出於名家之手者，則甚精密，且有系統。然若為集合多篇之文多首之詩而成之巨製，即使出自名家之手，亦不過取多數無系統或各自獨立之單篇詩文，彙為一書耳……至於吾國小說，則其結構遠不如西洋小說之精密。在歐洲小說未經翻譯為中文以前，凡吾國著名之小說，如水滸傳、石頭記與儒林外史等書，其結構皆甚可議。生之天才卓越，何以得至此乎？總之，不支蔓有系統，在吾國作品中，如為短篇，其作者精力尚能顧及，文字剪裁，亦可整齊。若是長篇巨製，文字逾數十百萬言，如彈詞之體者，求一敘述有重點中心，結構無夾雜駢枝等病之作，以寅恪所知，要以再生緣為彈詞中第一部書也」（《陳寅恪集・寒柳堂集》第六十七頁）。

陳寅恪察覺中國長篇小說結構的弱點，建立在他對中國文學語言的基本判斷上，陳寅恪一向認為，中國文學與其他世界諸國文學最大的不同是中國文學「為駢詞儷語與音韻平仄之配合」，因為「對偶之文，往往隔為兩截，中間思想脈絡不能貫通。若為長篇，或非長篇，而一篇之中事理複雜者，其缺點最易顯著，駢文之不及散文，最大原因即在於是」（《陳寅恪集・寒柳堂集》第六十七頁）。

作為歷史學家的陳寅恪，不但喜歡「以詩證史」，以喜歡以「小說證史」，如考證楊玉環入宮事實及崔鶯鶯身世以及《虯髯客傳》暗指唐太宗等，（《陳寅恪集・讀書雜記二集》第二七七頁）。《論再生緣》考證中多處使用《紅樓夢》、《兒女英雄傳》史料。他早年研究佛經翻譯文學，曾撰〈西遊記玄奘弟子故事之演變〉，用佛經故事中土流傳事例，考證《西遊記》故事最初來源曾受佛經故事影響並提出了小說故事構思演變的幾個公例。陳寅恪對小說在歷史研究中的價值有非常清晰自覺的認識。他講《太平廣記》史料時曾說過：「小說亦可作參考，因其雖無個性的真實，但有通性的真實」（《陳寅恪集・講義及雜稿》第四九二頁）。陳寅恪所謂「通性真實」，其實與恩格斯（Friedrich Von Engels）評價巴爾扎克（Honoré・de Balzac）小說時的名言表達的是同一意思。恩格斯說：「他的作品彙集了法國社會的全部歷史，我從這裡，甚至在經濟細節方面所學到的東西，也要比當時所有職業的歷史學家、經濟學家和統計學家那裡學到的東西還要多」（《馬恩選集》第四卷第六八二頁，人民出版社，一九九五年）。巴爾扎克小說對時代反映的真實性，就是陳寅恪所說的「通性真實」，即對時代精神的準確把握。

陳寅恪平生只寫過一篇專門討論中國小說的文章，但他關於中國小說敘述方式的觀察卻散見於諸多學術論文中，這些對中國小說的片言隻語，處處體現陳寅恪對小說文體的深刻認識。他認為小說人物一定要描寫詳細，不避繁雜。陳寅恪說：「夫長於繁瑣之詞，描寫某一時代人物妝飾，正是小說能手。後世小說，凡敘一重要人物出現時，必詳述其服妝，亦猶斯義也」（《陳寅恪集・元白詩箋證稿》第九六頁），這個判斷是建立在廣泛閱讀基礎上得出的結論。陳寅恪還指出中國小說不善於敘述正式男女關係，主要是「以禮法顧忌之故……而於正式男女關係夫婦者，尤少涉及。蓋閨房燕昵之情意，家庭米鹽之瑣屑，大抵不列載於篇章，惟以籠統之詞，概括言之而已」（《陳寅恪集・元白詩箋證稿》第一〇三頁）這個觀察相當細緻，值得研究中國小說時特別注意，以此角度切入，可以觀察中國小說敘述方式的諸多特徵。在陳寅恪的小說觀中，正式男女關係與婚外私情恰是小說中最需詳細鋪陳敘述之處。他評價元稹悼亡詩時，對元稹的敘事才能有這樣的概括「微之天才也。文筆極詳繁切至之能事。既能於非正式男女間關係如與鶯鶯之因緣，詳盡言之於會真詩傳，則亦可推之於正式男女間關係如韋氏者，抒其情，寫其事，纏綿哀感，遂成古今悼亡詩一體之絕唱。實由其特具寫小說之繁詳天才所致，殊非偶然也」（《陳寅恪集・元白詩箋證稿》第一〇三頁）。陳寅恪認為小說敘述中最重要是作者的「繁詳」之才。陳寅恪同時指出，元稹能用古文試作小說而成功，因為《鶯鶯傳》是自序之文，有真情實事。韓愈〈毛穎傳〉則純為遊戲之筆，其感人之程度本應有別。陳寅恪總結到：「夫小說宜詳，而韓作過簡」（《陳寅恪集・元白詩箋證稿》第一一九頁）。

陳寅恪早年寫〈韓愈與唐代小說〉，他的一個敏銳觀察是唐代貞元時期是古文的黃金時代，同時也是小說的黃金時代。此時代裡小說最明顯的一個特點就是「駁雜」，這是因為「唐代小說之所取材，實包含大量神鬼故事與夫人世所罕見之異聞」（《陳寅恪集・講義及雜稿》第四四一頁），這個判斷同樣可以理解為是陳寅恪對小說題材來源的一個見解，當代小說家頗重加西亞・瑪律克斯（Gabriel José de la Concordia García Márquez）《百年孤獨》人鬼異聞相互交織的寫法，其實中國小說起源中即包含了這樣的敘述思維。

陳寅恪學術論文中最常引的一則筆記是宋代趙彥衛《雲麓漫鈔》中關於唐代舉子「溫卷」的記載（《陳寅恪集・元白詩箋證稿》第二頁），所謂「溫卷」即是舉子應試前將自己所寫文章投獻給當世勝流，以求得他們瞭解。這些舉子為讓名人瞭解自己多方面的寫作才能，常在一篇文章中使用多種文體，因為「此等文備眾體，可以見史才，詩筆，議論。」陳寅恪由此判斷，唐代小說起於貞元、元和之世，與古文運動實同一時間，而其時最佳小說之作者，也即是古文運動中的中堅人物。因此唐代貞元、元和間的小說，乃是一種新文體，不獨流行當時，更輾轉為後來所仿效，它與唐代古文為同一源起同一體制。陳寅恪對文體變革的基本判斷是文體以符合當時接受情狀為基本趨向。他曾指出佛經翻譯，其偈頌在六朝時大體以五言為體，唐以後則多改用七言。陳寅恪說：「蓋吾國語言文字逐漸由短簡而趨於長煩，宗教宣傳，自以符合當時情狀為便，此不待詳論者也」（《陳寅恪集・論再生緣》第七十一頁）。

任何文體的變革均有現實原因，陳寅恪對文體變革的敏感是他注意到了文體變革的現實原因與文體變革以適於接受為基本趨向，非如此不易收到實際宣傳效果，他後來論述韓愈文學貢獻時，也特別強調文體變革與宣傳功效間的關係。因為文體變革的實際動因來源於改變僵硬既成文體，所謂公式文字。文體變革一定要適於現實接受習慣，這也是陳寅恪研究元白詩時，為什麼要首先強調必須瞭解當時文體關係和文人關係的原因。陳寅恪指出：「小說之文宜備眾體。鶯鶯傳中忍情之說，即所謂議論，會真等詩，即所謂詩筆，敘述離合悲歡，即所謂史才，皆當日小說文中不得不備具者也」（《陳寅恪集・元白詩箋證稿》第一二〇頁）。

三、陳寅恪自創文體

陳寅恪是有創造性的史學家，既然對小說文體有如此清晰認識，那麼他會不會在自己史學著作中嘗試文體創新呢？我認為有這種可能。陳寅恪認為，唐代古文運動鉅子，雖以古文試作小說而能成功，但後來的公式文字，六朝以降，還是以駢體為正宗。可見文體變革之難，所以他對文體變革的成功常常評價很高。陳寅恪說：「惟就改革當時公式文字一端言，則昌黎失敗，而微之成功，可無疑也」（《陳寅恪集・元白詩箋證稿》第一二〇頁）。

這個判斷說明陳寅恪對小說文體適於產生更大影響有過自深思。陳寅恪以為，古往今來，有創造性的作家總是在追求文體的變革。他曾指出，白居易的新樂府，雖然仍用毛詩、樂府古詩及杜詩體制改進當時民間流行歌謠，實與貞元、元和時代古文運動巨子如韓愈、元稹以太史公書、左氏春秋之文體試作毛穎傳、石鼎聯句詩序、鶯鶯傳等小說傳奇，其所持的旨意及所用的方法適相符同。差異處，僅是一在文備眾體小說之範圍，一在純粹詩歌之領域。陳寅恪認為，白居易的新樂府，實是擴充當時古文運動而推及於詩歌，白居易的追求是「以改良當日民間口頭流行之俗曲為職志，與陳李輩之改革齊梁以來士大夫紙上摹寫之詩句為標榜者大相懸殊。其價值及影響或更較為高遠也。此為吾國中古文學史上一大問題，即『古文運動』本由以『古文』試作小說而成功之一事」（《陳寅恪集・元白詩箋證稿》第一二〇頁）。陳寅恪的觀察是「古文家以古文試作小說而能成功」實因為「古文乃最宜作小說」。

陳寅恪晚年撰寫的《柳如是別傳》，向被學界認為是他晚年最重要的學術著作。但本書在文體上的追求似沒有過引起研究者的特別注意。本書與一般學術著作體例迥異，明顯特點是在著作中大量夾入陳寅恪舊詩，而考證錢柳詩，時時不忘夾敘述自己的經歷和抒發自己的情感，甚至有些筆墨，我們可以判斷為是陳寅恪以小說筆法虛構的細節，這也許就是陳寅恪自己所說的「忽莊忽諧，亦文亦史」。

陳寅恪元白詩研究中一個持續判斷是元白詩建立在「文備眾體」之上，非此不足以顯示「史才、詩筆、議論」。《柳如是別傳》恰是這個思想延續的選擇。陳寅恪說：「唐人小說例以二人合成之。一人用散文作傳，一人以歌行詠其事。如陳鴻作長恨歌傳，白居易作長恨歌。元稹作鶯鶯傳，李紳作鶯鶯歌。白行簡作李娃傳，元稹作李娃行。白行簡作崔徽傳，元稹作崔徽歌。此唐代小說體例之原則也」（《陳寅恪集‧元白詩箋證稿》第四十五頁）。以陳寅恪研究元白詩時的心理推測，似可認為《柳如是別傳》的文體正是陳寅恪「史才、詩筆、議論」三者合一的自然選擇，他追求的也是文備眾體。「忽莊忽諧，亦文亦史」，中的「莊」是考證，「諧」是小說，「文」是自己的詩，「史」即是「議論」。《論再生緣》、《元白詩箋證稿》完整成書與陳寅恪箋釋錢柳詩，大體是同一時期，其中對文體的特別關注自然延續到自己的研究是很自然的事。一九五七年二月六日，陳寅恪在給劉銘恕的信中曾說：「弟近年仍從事著述，然已捐棄故技，用新方法，新材料，為一遊戲試驗（明清間詩詞，及方志筆記等）」（《陳寅恪集·書信集》第二七九頁），可見陳寅恪對自己箋釋錢柳詩所用文體有過成熟考慮，是自覺的「遊戲試驗」。

《柳如是別傳》以詠「紅豆詩並序」開篇。序中「紅豆」是《柳如是別傳》中敘事推演的主要意象，也可視為全書的主線，它要把全書重要細節全部與錢柳牽連，獲得某種象徵意味，類似於《紅樓夢》中的「石頭」。關於「紅豆」，陳寅恪序言之外正文中還有這樣一段敘述：

> 丁丑歲盧溝橋變起，隨校南遷昆明，大病幾死。稍愈之後，披覽報紙廣告，見有鬻舊書者，驅車往觀。鬻書主人出所藏書，實皆劣陋之本，無一可購者。當時主人接待殷勤，殊難酬其意，乃詢之曰，此諸書外，尚有他物欲售否？主人躊躇良久，應曰，曩歲旅居常白茆港錢氏舊園，拾得園中紅豆樹所結子一粒，常以自隨。今尚在囊中，願以此豆奉贈。寅恪聞之大喜，遂付重值，藉塞其望。自得此豆後，至今歲忽忽二十年，雖藏置篋笥，亦若存若亡，不復省視。然自此遂重讀錢集，不僅藉以溫舊夢，寄遐思，亦欲自驗所學之深淺也。蓋牧齋博通文史，旁涉梵夾道藏，寅恪平生才識學問固遠不逮昔賢，而研治領域，則有約略近之處（《陳寅恪集·柳如是

別傳》上第三頁）。

考陳寅恪生平事蹟，再細查陳寅恪關於「紅豆」來歷的敘述，雖不能斷言陳寅恪絕無此種經歷，但如此巧合確實近於小說家言。當時陳寅恪一家匆忙離開北平，到昆明之後陳寅恪身體大壞，右眼失明，以當時情景推測，如何「驅車往觀」？似無此閒情「買舊書而得紅豆」，而小小一粒「紅豆」？在如顛沛流離中「若存若亡」，完全是陳寅恪的心理感受。如此有趣經歷，從未在陳家後人或當年與陳寅恪交往密友回憶中出現，判斷為是陳寅恪用小說筆法照應《柳如是別傳》起始「詠紅豆」並以此寄寓自己的情感，似不無可能。

陳寅恪《柳如是別傳》「緣起」中曾述及自己的寫作動機有「亦欲自驗所學之深淺也」的感慨，這個感慨表明陳寅恪晚年試圖把自己一生所學集中在一部著作中體現，所以才有了《柳如是別傳》這種獨特文體。我個人以為《柳如是別傳》是一部合詩、小說、傳記和學術考證為一體的著作，它是一個和諧整體，處處體現陳寅恪良苦用心，是陳寅恪晚年全部才華的集中表現，同時也開創了一種新文體，在「史才、詩筆、議論」之外，又加入了「小說和傳記」寫法，所以此書可當學術著作看，更可當傳記和小說讀。

陳寅恪與《兒女英雄傳》

陳寅恪與《紅樓夢》的關係，今天為人談論的較多。劉夢溪有長文梳理相關史料並有深入分析，關於《兒女英雄傳》本身的專題論文也不鮮見，但陳寅恪與《兒女英雄傳》間的關係，特別是他為何喜歡在自己著述中引用《兒女英雄傳》等現象，目前還沒有人特別注意，所以有必要稍加申說。

一、陳寅恪著述中《兒女英雄傳》事例

《兒女英雄傳》是清代文康的一部章回體長篇小說，清同治成書，光緒刊行，敘述用評書體，語言用北京話。文康別名燕北閒人，本書原名《金玉緣》，後經補寫，改名為《兒女英雄傳》。

小說描寫清朝副將何杞被紀獻唐陷害，死於獄中，其女何玉鳳化名十三妹，出入江

湖，立志為父報仇。淮陰縣令安學海為人陷害獲罪，其子安驥籌銀千兩前往營救。安驥和民女張金鳳遇險於能仁寺，幸虧何玉鳳及時相救，始免於難。事後何玉鳳做媒，將張金鳳許配安驥，並解囊贈金、借弓退寇，使安驥一行人平安到達淮陰。後紀獻唐為朝廷所殺，何玉鳳見家仇已報，打算出家，為人勸阻最後嫁給安驥。張金鳳、何玉鳳相處親如姊妹。

最早注意《兒女英雄傳》的是李玄伯，後來胡適、魯迅、周作人、錢玄同、孫楷第等學者均有專題論文評述。馮友蘭也特別欣賞這部小說。宗璞曾回憶：「她還記得一次在飯桌上，父親邊吃飯邊談論《兒女英雄傳》，說這本書思想不行，但描寫有特點，他講到十三妹的出場，和以往舊小說的出場完全不同，有現代西方小說的手法，不是先自報家門，而是在描寫中逐漸交待人物；講到鄧九公洗鬍子，認為寫得很細，很傳神」（李揚〈宗璞：希望寫的歷史向真實靠近〉，《文匯報・筆會》，二〇一一年八月九日）。

陳寅恪沒有為《兒女英雄傳》寫過專題論文，但在中國現代學者中，他可能是在書信和文章中隨手引述《兒女英雄傳》最多的學者，可見對這部小說記憶之深，印象之佳。一九五〇年九月十八日，陳寅恪給吳宓的信中，感慨《元白詩箋證稿》這樣的書以後恐無再出版機會後，信中有這樣幾句話：「《兒女英雄傳》第三十回『敦古意集腋報師門』，今日四海困窮，有財力足以濟人之急者皆已遠走高飛，而《儒林外史》中作八股之徒觸處皆是。吾輩之困苦、精神、肉體兩方面有加無已，自不待言矣」（《陳寅恪集・書信集》第二六八頁）。《陳寅恪集・書信集》中，此信由吳學昭《吳宓與陳寅恪》一書中轉來，原書有一處筆誤「第三十回」應當是「第十三回」。「敦古意集腋報師門」係《兒女英雄傳》第十三回題目。吳學昭原書將「今日四海困窮，有財力足以濟人之急者皆已遠走高飛，而《儒林外史》中作八股之徒觸處皆是」這幾句省略了（吳學昭《吳宓與陳寅恪》第一三一頁，清華大學出版社，一九九二年）。

《兒女英雄傳》第十三回題目「敦古意集腋報師門，感舊情掛冠尋孤女」，此回前一段敘安學海在山陽縣河工知縣任上，為人陷害，後得學生烏明阿重金幫助，原書寫道：

> 「烏大爺道『這也反鬧生一人的意思。沒接著老師的信以前，並且還不曾看見京報，便接著管子京、何麥舟他兩家老伯的急腳信，曉得了老師這場不得意。門生即刻給同門受過師恩的眾門生分頭寫了信去，派了數兒，教他們量力盡行。因門生差次不久，他們又不能各各的專人前來，便教他們只發信來，把銀子匯京，都交到門生家裡。正愁緩不濟急，恰好有現任杭州織造的富周三爺，是門生的大舅子，他有托門生帶京的一萬銀子。門生合他說明，先用了他的，到京再由門生家裡歸還。這

萬金內一半作為門生的盡心，一半作為眾門生的集腋。將來他們匯到門生那裡，再從門生那裡扣存也是一樣。此時且應老師的急用。老師接到他們的信，只要付一封收到的回信就完了事了」（文康《兒女英雄傳》第一八八頁，上海書店出版社，一九八一年）。

陳寅恪致吳宓信中的感慨即由此段引出，書信為信手寫來，而陳寅恪信中記憶準確，可見他對《兒女英雄傳》的熟悉程度。

一九五三年，陳寅恪寫《論再生緣》。他一開始即說他從小喜讀小說，「雖至鄙陋者亦取寓目」，他也喜讀林譯小說。林譯小說中最多的是哈葛德（Henry Rider Haggard）的作品。陳寅恪在《論再生緣》中認為林譯小說結構精密，即舉哈葛德作品為例。陳寅恪說：「哈葛德者，其文學地位在英文中，並非高品。所著小說傳入中國後，當時桐城派古文名家林畏廬深賞其文，至比之史遷。能讀英文者，頗怪其擬於不倫。實則琴南深受古文義法之熏習，甚知結構之必要，而吾國長篇小說，則此缺點最為顯著，歷來文學名家輕小說，亦由於是（桐城名家吳摯甫序嚴譯天演論，謂文有三害，小說乃其一。文選派名家王壬秋鄙韓退之、侯朝宗之文，謂其同於小說。）一日忽見哈氏小說，結構精密，遂驚歎不已，不覺以其平日所最崇拜之司馬子長相比也」（《陳寅恪集・寒柳堂集》，第六十七頁）。

陳寅恪在中國舊小說中，最欣賞《兒女英雄傳》，他說：「至於吾國小說，則其結構遠不如西洋小說之精密。在歐洲小說未經翻譯為中文以前，凡吾國著名之小說，如《水滸傳》、《石頭記》、《儒林外史》等書，其結構皆甚可議。寅恪讀此類書甚少，但知有《兒女英雄傳》一種，殊為例外。其書乃反《紅樓夢》之作，世人以其內容不甚豐富，往往輕視之。然其結構精密，頗有系統，轉勝於曹書，在歐西小說未輸入吾國以前，為罕見之著述也」（《陳寅恪集・寒柳堂集》，第六七頁）。

《論再生緣》直接引述《兒女英雄傳》文字作為考證資料有多處。如考證范荄科第年月時，陳寅恪說：「故《兒女英雄傳》作者文康，於第三五回『安公子占桂苑先聲』中，述安龍媒以備卷得代，錯用官韻之馬篔山中式第六名舉人。此事實暗指同治三年甲子順天鄉試，而非雍正年間科場規則也」（《陳寅恪集・寒柳堂集》第一〇〇頁）。

考證陳端生生母身份時，陳寅恪又引《兒女英雄傳》為證，他說：

> 如兒女英雄傳第二回「沐皇恩特受河工令」略云：
>
> （安）老爺開口先向著太太說道：「太太，如今咱們要作外任了。」又聽老爺

往下說道：「我的主意打算暫且不帶家眷。到了明秋，我再打發人來接家眷不遲。第一件心事，明年八月鄉試，玉格務必教他去觀觀場。」太太說：「老爺才說的一個人兒先去的話，還是商量商量。萬一得了缺，或者署事，有了衙門，老爺難道天天在家不成。別的慢講，這顆印是個要緊的。衙門裡要不分出個內外來，斷乎使不得。」老爺說：「何嘗不是呢？我也不是沒想到這裡，但是玉格此番鄉試，是斷不能不留京的。既留下他，不能不留下太太照管他。這是相因而至的事情，可有甚麼法兒呢？」公子便說道：「請父母只管同去，把我留在家裡。」老爺明決料著自己一人前去，有多少不便，便向太太道：「譬如咱們早在外任，如今從外打發他進京鄉試，難道我合太太還能跟著他不成？」太太聽了，便向老爺說道：「老爺主見自然不錯，就這樣定規了罷。」寅恪案，清國子監題名碑乾隆十三年戊辰科會試，則其前一年，即乾隆十二年丁卯有鄉試。汪上堉不令其子孟鋗於乾隆十年，隨己身同赴雲南，而遣家歸秀水，蓋欲孟鋗留居故里，預備應乾隆十二年丁卯科浙江鄉試。此點與安老爺不令安公子隨身赴淮安，而令其留京應順天鄉試者相同。又安老爺此時不過一候補河工令，尚未得實缺，或署事。但安太太必欲分出個內外，以保管官印。據國朝耆獻類徵二三二沈大成代撰汪上堉墓誌銘略云：

或有執石頭記述賈政放學差及任江西糧道，王夫人、趙姨娘、周姨娘皆不隨往以相難。鄙意石頭記中，不合事理者頗多，如晴雯所補之孔雀毛裘，乃謂出自俄羅斯國之類。若更證以才女戴蘋南隨其翁趙老學究赴江西學政之任，旋沒於任所一事，尤為實例實據。足見兒女英雄傳所言，非憑虛臆造者也」（《陳寅恪集・寒柳堂集》第一〇一至一〇二頁）。

一九五四年，陳寅恪作《柳如是別傳》，考證柳如是姓氏時，也引《兒女英雄傳》為例。陳寅恪說：「若燕北閒人之《兒女英雄傳》，其書中主人何玉鳳，至第壹玖回『恩怨了了慷慨捐生，變幻重重從容救死』之末，始明白著其姓名。然此為小說文人故作狡獪之筆，非史家之通則也」（《陳寅恪集・柳如是別傳》第十六頁）。

一九五二年，陳寅恪有〈偶觀《十三妹》新劇戲作〉一首，原詩如下：

塗脂抹粉厚幾許，欲改衰翁成姹女；
滿堂觀眾笑且憐，黃花一枝秋帶雨；
紅柳村中怪事多，閒人燕北費描摹；

周三狡計原因爾，鄧九甘心可奈何。

因此詩作於一九五二年，歷來解陳詩的人，都判斷本詩暗含的意義是寫當時的思想改造運動，《十三妹》即由《兒女英雄傳》改編，陳寅恪此詩句句不離《兒女英雄傳》情節，足證他對這部小說的鍾愛。

一九五二年九月二十九日，知識份子思想改造運動興起後，周恩來受中央委託，向京津高校教師作〈關於知識份子的改造問題〉的報告。同年十一月三十日，中共中央發出〈關於在學校中進行思想改造和組織清理的指示〉，要求在學校教職員和高中以上學生中普遍開展學習運動。號召認真學習馬列主義、毛澤東思想，聯繫實際，開展批評和自我批評，進行自我教育和自我改造；運動的目的主要是分清革命和反革命，樹立為人民服務的思想。此後運動由教育界逐步擴展到文藝界和整個知識界，一九五二年秋基本結束。陳寅恪內心對思想改造非常反感。周恩來〈關於知識份子的改造問題〉報告，講到思想改造不能強迫時，提到兩個人，一個是南開大學校長張伯苓，一個是一九五一年取道法國由香港回中國的地質學家、國民政府行政院長翁文灝，他當時是中共的「戰犯」之一。陳寅恪一九四九年曾有〈哀金圓〉詩，諷刺當時的幣制改革，詩中明諷王雲五，但此事恰是翁文灝主政行政院時發生的。

「塗脂抹粉厚幾許，欲改衰翁成姹女」，一語雙關。第二句中「衰翁」即用習語暗出「翁」字，此句名明用《兒女英雄傳》故事，實寫周恩來講話中表揚翁文灝回國一事。

《兒女英雄傳》第十五回「酒合歡義結鄧九公，話投機演說十三妹」。寫得是綠林中人，綽號海馬的周三得勝，五年前在牤牛山為鄧九公一鞭所敗，後乘鄧九公在家設宴，前來尋釁，想用男扮女妝登臺演戲的方式羞辱鄧九公，鄧九公時年八十有七，「衰翁」是也。被激不過，比武論輸贏，因年邁力衰，幾為所敗，幸得十三妹出場解圍。

周三對鄧九公說：「我這盒裡裝著一碗兒雙紅胭脂，一匣滴珠香粉，兩朵時樣的通草花兒，你打扮好了，就在這臺上扭個周遭兒我瞧瞧，我塵土不沾，拍腿就走」（文康《兒女英雄傳》第二三一頁）。

陳寅恪明白知識份子改造為何事，所以用了《十三妹》中的這個情節，發出如此感歎。周三疑暗指「周恩來」，鄧九暗指「翁文灝」。戲中角色與二人經歷相合處頗多，故事情節恰好與思想改造意涵相應。「紅柳村中怪事多，閒人燕北費描摹」，紅柳村是《兒女英雄傳》中一地名，全稱是「二十八棵紅柳樹」，「閒人燕北」是文康別稱。全詩均用《兒女英雄傳》情節。

二、陳寅恪為何深賞《兒女英雄傳》

對一部小說的興趣有相當程度的個人原因，這其中有個人身世、經歷、知識結構以及欣賞趣味等，有時候與小說本身獲得的得一般社會評價並不相同，所謂有一千個人即有一千個莎士比亞是也。但在中國現代學者中，對一部舊文人的小說有大體相同的評價，卻不能簡單說是欣賞趣味所至，而其中必定包括了複雜的因素。

陳寅恪認為在中國舊小說中《兒女英雄傳》最好，甚至「轉勝於曹書」，這個評價是目前已知的對《兒女英雄傳》的最高評價，當否可以討論，但陳寅恪這個見識卻不能不引起研究者注意。一個中國第一流史學家的意見，總有它的道理，哪怕是個人偏見，也必有引人深思之處。

陳寅恪自己講，他對《兒女英雄傳》的看法，是有感於中國長篇小說結構不如西洋長篇小說精密，也就是中國長篇小說結構失於簡單，他舉了《水滸傳》、《石頭記》、《儒林外史》等書，認為「其結構皆甚可議」。但對《兒女英雄傳》，卻認為「殊為例外。其書乃反《紅樓夢》之作，世人以其內容不甚豐富，往往輕視之。然其結構精密，頗有系統，轉勝於曹書，在歐西小說未輸入吾國以前，為罕見之著述也。」

從陳寅恪這個看法判斷，我們或許僅能得出他是由純粹技術角度來肯定《兒女英雄傳》，這個觀點與馮友蘭的看法相同。馮友蘭也認為《兒女英雄傳》思想不行，但描寫有特點，有現代西方小說的手法。這也差不多是當時喜歡《兒女英雄傳》的新學者們的基本看法。

應當說陳寅恪對《兒女英雄傳》的評價，除了小說在結構和敘述上的長處外，對於小說的內容，陳寅恪也沒有像他同時代人如魯迅、胡適、馮友蘭等，認為寫法不錯而思想完全不行。我們要注意，陳寅恪談及《兒女英雄傳》主題和思想時，只是說「世人以其內容不甚豐富，往往輕視之」，言外之意似有此判斷失之簡單的意味。陳寅恪關於《兒女英雄傳》的所有記述中，從沒有否定此書思想內容的觀點，這雖然不能說明陳寅恪就完全認同此書的思想，但至少說明陳寅恪對此書主題和思想內容並不向世人那樣反感。這是個人閱讀趣味，但也有個人身世之感。

陳寅恪認為《兒女英雄傳》是「反《紅樓夢》之作」，這個看法其實並非陳寅恪獨創，而是延續了胡適的觀點。這裡尤需注意，陳寅恪談論《兒女英雄傳》最多的時候，恰是一九五四年批判胡適運動前後，他肯定胡適對《兒女英雄傳》的意見，可能也暗含了對這位老朋友的懷念。魯迅《中國小說史略》對《兒女英雄傳》的看法是「其情況蓋與曹雪芹頗類。惟彼為寫實，為自敘，此為理想，為敘他，加以經歷復殊，而成就遂迥異矣」（文康《兒女英雄傳．附錄》第五六一頁），與胡適觀點大體相同。

一九二五年，胡適為亞東書局刊印《兒女英雄傳》寫序，他肯定這部小說在語言上的成就，認為「生動、漂亮、俏皮，詼諧有風趣」，同時也肯定本書有相當豐富的社會史料，但胡適也指出這部小說的思想非常淺陋，「是一個迂腐的八旗老官僚在那窮愁之中做的如意夢」。胡適說「依我個人看來，《兒女英雄傳》與《紅樓夢》恰是相反的。曹雪芹與文鐵仙同是身經富貴的人，同是到了晚年窮愁的時候才發憤著書。但曹雪芹肯直寫他和他的家庭的罪惡，而文鐵仙卻不但不肯寫他家所以敗落的原因，還要用全力描寫一個理想的圓滿的家庭。曹雪芹寫的是他的家庭的影子；文鐵仙寫的是他的家庭的反面」（文康《兒女英雄傳．附錄》第五六四頁）。

陳寅恪深賞《兒女英雄傳》，其實有他自己的身世之感在其中。作者文康是旗人官宦子弟，此點與陳寅恪的身世大體相同，以往研究陳寅恪的學者都傾向於認為陳寅恪身上有遺少氣息。陳寅恪也說過自己「思想囿於咸豐同治之世，議論近乎湘鄉南皮之間」（《陳寅恪集．金明館叢稿二編》第二八五頁）。《兒女英雄傳》恰好成書於這一時期。更為重要的是《兒女英雄無傳》敘述的家庭情景及女性表現與陳寅恪自己的經歷和理想相合。

《兒女英雄傳》中的安學海是一個理想形象，他飽讀詩書，剛正不阿而又通達人情。在文康筆下，安學海是一個理學先生，是一個好官，他教育子弟也是以科舉正途為進身之階，從不搞歪門邪道。此點與陳寅恪的家世背景也相符合。陳寅恪祖父陳寶箴、父親陳三立都有科舉經歷，陳三立還是進士，陳寅恪一度在祖父身邊，從小在舊家中長大，「父執姻親多為當時勝流」，雖大家族而其樂融融，所以對中國傳統文化的優良之處有切身體會。陳寅恪在〈王觀堂先生輓詞序〉中明確表達：「吾中國文化之定義，具於白虎通三綱六紀之說，其意義為抽象理想最高境界，猶希臘柏拉圖所謂Eidos者。若以君臣之綱言之，君為李煜亦期之以劉秀；以朋友之紀言之，友為酈寄亦待之以鮑叔」（《陳寅恪集・詩集》第十二頁）。

他晚年撰寫《寒柳堂記夢未定稿》，對於知恩當報一類小事均記憶極深（《陳寅恪集・寒柳堂集》第一八六頁）。

《兒女英雄傳》是文康構建的一個中國舊家的理想世界，雖然其中偶有因果報應和「作善降祥」的情節，偶失荒誕，但因為書中文康將自己及家族的真實經歷寫出，敘述得相當真切，所以在文化理想上暗合陳寅恪的思想境界，而常常引起陳寅恪的懷想，這可能也是他習慣用本書材料作為考證工具的原因之一。

陳寅恪對他早年學生中不能堅持獨立精神和自由思一事，非常敏感。一九五四年三月，陳寅恪開始寫《錢柳因緣詩釋證》，在本書第一章「緣起」中抄錄了多首自己的詩。其中有一九六三年冬天寫的兩首，其中一首有兩句：「高家門館恩誰報，陸氏莊園業不存」，這兩句詩常為研究陳寅恪的人提起，一般認為這是陳寅恪對當時「學生批判老師」的感慨，此詩後一句是陳寅恪著述中常出現的典故。

陳寅恪著作中，經常引述唐代李亢《獨異志》中的一個故事。崔群是貞元八年名相陸贄所取進士，與韓愈同榜。後來仕至宰相，為官清正。唐憲宗元和十年，崔群以禮部侍郎知貢舉，錄取進士三十人。崔群夫人李氏曾勸他置一點莊田，「以為子孫之計」。崔群笑答：「余有三十所美莊良田，遍在天下，夫人何憂？」而崔夫人卻反問「你不是陸贄的門生嗎？」崔群回答說：「是啊！」崔夫人說：「往年你身為知貢舉，卻派人告訴他兒子陸簡禮不要應舉，以免引起非議。如果門生真是美莊良田，那麼陸氏這一莊算荒廢了。」崔群聞聽此言，很覺對不起自己的座主。陳寅恪中山大學《唐史講義》中「科舉制度及政治黨派」條，抄錄了崔群的故事和白居易的原詩。白詩最後兩句是：「還有一條遺恨事，高家門館未酬恩」（《陳寅恪集・講義及雜稿》第二八二頁）。

因為陳寅恪對自己學生迎合時代非常反感，這樣的現實情景最容易喚起他早年閱讀《兒女英雄傳》中門生對座主情感的記憶。所以才有一九五〇年九月十八日給吳宓的信中那樣的感慨。《兒女英雄傳》此回敘安學海在山陽縣河工知縣任上，為人陷害，後得學生烏明阿重金幫助，陳寅恪向吳宓提這個典故，意思甚明，他的學生指望不上，而「有財力足以濟人之急者皆已遠走高飛」。瞭解這個背景，則能理解陳寅恪一九五四年給科學院答覆中「所有周一良也好，王永興也好，從我之說即是我的學生，否則即不是」（《陳寅恪集・講義及雜稿》第四六四頁）一段話的深意。

陳寅恪深賞《兒女英雄傳》，是他在心理上認為小說雖以理想筆墨寫出，但與他感受過的真實生活相近，而他對這種生活始終保持溫情回憶。《兒女英雄傳》一書中，以中國正統文化為基本底色，無論男女，無論為官為民，忠誠信義和保持節操是作人的基本道德，「兒女無非天性，英雄不外人情」，這恰合陳寅恪「吾中國文化之定義，具於白虎通三綱六紀之說，其意義為抽象理想最高境界」的判斷。

另外一個細節是陳寅恪對待女性的態度。一九四九年後，陳寅恪舊詩中凡涉及女性主題，均出於真摯讚美，他說自己晚年「著書唯剩頌紅妝」，看花聽戲經常發出的感慨是「西江藝苑今誰勝，不是男兒是婦人」（張暉〈新發現的陳寅恪給龍榆生的詩函〉，《南方都市報》二〇一三年一月二三日第十七版）。

《論再生緣》、《柳如是別傳》的主旨都是讚美女性，而這一主題恰也是《兒女英雄傳》中的主題，在此書中無論金鳳玉鳳，還是安學海、鄧九公身邊的女性，個個都是「溫柔兒女家風」，這與陳寅恪一向推崇的「家風之優美」極相符合，這可能也是陳寅恪深賞《兒女英雄傳》的一個深層心理。

陳寅恪晚年多講崔群故事，其實還隱含一個判斷，即女人常常較男人更有見識，其中暗含了對一九四九年之際陳夫人、妹妹陳新午決斷的欽佩和自己沒有離開的悔恨之意。陳寅恪的去留問題曾引起過爭議，主要是因為吳學昭《吳宓與陳寅恪》當年出版時曾有刪節，後出的《吳宓日記續編》中其實已將此事言明。一九六一年九月三日的吳宓日記中說：「陳序經暢談南開中學及南開大學，論張伯苓、仲述兄弟及何廉；又詳述陳寅恪兄一九四八年十二月來嶺南大學之經過（由上海來電，時序經任校長、竭誠歡迎）。到校後，約在一九五〇年一或二月，篔嫂力主往外國（歐、美）或臺灣，竟至單身出走，至港依David及其諸妹，序經追往，遍尋，卒得之於九龍一無招牌之私家旅館，見篔，與約定『必歸』。序經乃先歸。俟其夫婦感情緩和，乃遣人往迎歸」（《吳宓日記續編》第五冊第一六六頁）。此處David即俞大維，是陳寅恪的表弟也是妹夫。一九五二年二月，陳寅恪有〈壬辰廣州元夕收音機中聽張君秋唱祭塔〉，其中第一首：「雷峰夕照憶經過，物語湖山恨未磨；唯有深情白娘子，最知人類負心多」（《陳寅恪集・詩集》第八七頁），表達的也是對女性的讚美和欽佩。

陳寅恪深賞《兒女英雄傳》對待女性的態度，此點與周作人的看法相合。周作人說「《兒女英雄傳》還是三十多年前看過的，近來重讀一過，覺得實在寫得不錯。平常批評的人總說筆墨漂亮，思想陳腐。這第一句大抵是眾口一辭，沒有什麼問題，第二句也並未說錯，但是我卻有點意見。如要說書的來反對科舉，自然除《儒林外史》再也無人能及，但志在出將入相，而且還想入聖廟，則亦只好推《野叟曝言》去當選矣。《兒女英雄傳》作者的晝夢只是想點翰林，那時候恐怕正是常情，在小說裡不見得是頂腐敗」（文康《兒女英雄傳・附錄》第五七四頁）。周作人還認為《兒女英雄傳》「對於女人的態度頗好，恐怕這或者是旗人關係。」周作人一向反對道學，但對《兒女英雄傳》中安學海的形象卻表示贊同，說他「通達人情物理，處處顯得大方」。

三、結語

陳寅恪深賞《兒女英雄傳》的言論，都出現在他一九四九後的著述中，這不是偶然的。這個時代對中國傳統文化的徹底否定可能在相當大程度上引起了陳寅恪的警覺，在無法直接言說的情況下，陳寅恪多用曲折的筆墨表達。《兒女英雄傳》以理想化的敘述方式，將中國傳統舊家庭中優美的一面展示出來，特別是這部小說中，座主與門生關係恰好與陳寅恪當時處境形成鮮明對比，上世紀五十年代，學生批判老師極為普遍（如思想改造運動、批判俞平伯《紅樓夢研究》、雙反運動等），社會風氣對學生背叛老師不以為忤，由此喚醒陳寅恪早年對這部小說的美好回憶也就不奇怪了。

陳寅恪晚年生活中，兩個學術助手程曦、金應熙在專業上都沒有問題，但最後都離老師而去；陳寅恪早年清華國學院的舊門生陸侃如、高亨也積極迎合時代，修改舊作，寫「頌聖詩」；周一良、汪籛也放棄了獨立精神，這讓陳寅恪內心極為痛苦。我們觀察陳寅恪最後的經歷，發現他生命最後時刻，守候在身邊的除了陳夫人和自己的三個女兒外，對他心靈安慰最大的一個是黃萱，一個是高守真，兩位女性都系出名門。陳寅恪晚年生活中，中國傳統文化養育出的女性，確實表現出了相當高貴的品性（陸鍵東《陳寅恪的最後二十年》中有相關記述，三聯書店，一九九五年）。

陳寅恪晚年詩中只有兩首輓詩，一輓冼玉清，一輓曾昭燏，兩位女性也都是出身舊家的名門之後（《陳寅恪集・詩集》第一六五、一七二頁）。

陳寅恪早年遊學西方諸國，對西洋小說與中國傳統小說的比較閱讀，產生細微觀察，他雖然只由敘述和結構角度，指出中國舊小說與西洋小說的差異，主要是批評中國小說有敘述方式上的簡單、雷同，但在諸多中國舊小說中，他對《兒女英雄傳》的推重，則不僅包括了這部小說敘述方式上的創新，更有這部小說中描寫的講人情，重氣節的時代氣息，喚醒了陳寅恪對中國傳統文化的溫情回憶。

陳寅恪在《柳如是別傳》中曾指出：「吾國舊日社會關係，大抵為家庭姻戚鄉里師弟及科舉之座主門生同年等」（《陳寅恪集・柳如是別傳》下第九六三頁）。

文康《兒女英雄傳》具備這個判斷的全部因素，而且均以理想狀態描述，這可能也是此書打動陳寅恪的原因。

陳寅恪〈論陶淵明之思想與清談之關係〉本事考

〈論陶淵明之思想與清談之關係〉是陳寅恪一篇名文。細讀此文，感覺陳寅恪撰著此文似有感而發，時有「後讀之者不能得其確解，空歎賞其麗詞，豈非可笑之甚耶」一類語句，行文間似有一個針對的文本和作者，所以有必要猜測一下此文的本事。

陳寅恪此文首次公開出版在一九四五年九月（民國三十四年），列為哈佛燕京學社「中國文化研究叢刊第一種」，原刊是單行本，封面題簽馬鑒，正文前有一簡短英文提要。蔣天樞《陳寅恪先生編年事輯（增訂本）》將此文繫於一九四三年條下，認為「作於桂林」，但未說明史料來源。

陳寅恪在論文開始即指出「古今論陶淵明之文學者甚眾，論其思想者較少」，所以他要由魏晉兩朝清談內容的演變與陶氏族類及家傳之信仰兩點立論。陳寅恪此文實是借考證魏晉兩朝清談的演變內容，來強調他一貫的「自由思想和獨立精神」。陳寅恪認為獨立的士人當有自己的節操，不能隨勢而變並尋找變節的思想支點。魏晉名士，無論主名教說還是自然說，很多人其實並沒有將此思想變為自己的信仰，而是什麼有利即取什麼主張，「清談」已成了當時名士的裝飾品。陳寅恪評魏晉名士：「棲隱不仕，後忽變節，立人之朝，躋位宰執，其內慚與否雖非所知，而此等才智之士勢必不能不利用一已有之舊說或發明一種新說以辯護其宗旨反覆出處變易之弱點，若由此說，則其人可兼尊顯之達官與清高之名士於一身，而無所慚忌，既享朝端之富貴，仍存林下之風流，自古名利並收之實例，此其最著者也」（《論陶淵明之思想與清談之關係》第十八頁，一九四五年，哈佛燕京版）。

陳寅恪指出，魏末晉初名士如嵇康、阮籍叔侄之流是自然而非名教者，何曾之流是名教而非自然者，山濤王戎兄弟則老莊與周孔並尚，以自然名教為兩是。其尚老莊是自然者，或避世或祿仕，對於當時政權持反抗或消極不合作之態度，其崇周孔是名教者，則干世求進，對於當時政權持積極贊助之態度，所以此二派之人往往互相非詆，其周孔老莊並崇，自然名教兩是之徒，他們「前日退隱為高士，晚節急仕至達官，名利兼收，實最無恥之巧宦也」（同上第四十頁）。

陳寅恪認為陶淵明是中古時代的大思想家，因為陶淵明的思想是「承襲魏晉清談演變之結果及依據其家世信仰道教之自然說而創改之新自然說。惟其為主自然說者，故非名教說，並以自然與名教不相同。但其非名教之意僅限於不與當時政治勢力合作，而不似阮籍、劉伶輩之佯狂任誕。蓋主新自然說者不須如主舊自然說之積極抵觸名教也」（同上第五十六頁）。

那麼陳寅恪作此文的感受由何而來？我以為可能與馮友蘭名文〈論風流〉有關。〈論風流〉初刊於一九四四年（民國三十三年）《哲學評論》第九卷第三期，後結集於一九四六年《南渡集》，但此書當時沒有出版，一九五九年曾收入《資產階級學術思想批判資料》第三集公開印行，二〇〇七年三聯書店首印了單行本。

馮友蘭認為，風流是一種人格美，凡美都涵有主觀的成分。沒有主觀成分的性質的內容可以言語傳達，有主觀成分的性質的內容，不可以言語傳達。馮友蘭為真名士真風流的人總結了四點，即必有玄心，必有洞見，必有妙賞，必有深情。

馮友蘭文章所舉的例子主要也來自《世說新語》，但他多數是以正面立論，而陳寅恪用《世說新語》則多是負面評價。馮友蘭認為，「東晉名士中淵明的境界最高，但他並不狂肆……淵明並不任放，他習已於名教中得到樂地了」（《三松堂學術論集》第六一八頁，北京大學出版社，一九八四年），這個看法明顯和陳寅恪不同。

先說時間限斷。陳寅恪文章公開發表的時間若在馮友蘭文章後，則陳文才有可能針對馮文。如按蔣天樞說陳文作於「一九四三年的桂林」，則陳文在前，馮文在後，陳文不可能針對馮文。我認為「作於桂林」可能只是為文動意，沒有公開的文本呈現，而若以文章公開刊出時間判斷，則陳文在後，這樣針對馮文的可能是存在的。陳文即使作於馮文之前，也只能是未定稿，而陳寅恪有不斷修改自己文章的習慣，在公開印行自己文章時加進對馮文的感想也是合理的。

次說聞見之可能。當時陳寅恪馮友蘭都在西南，成都、重慶和昆明間出版的學術期刊，應當在陳寅恪的閱讀範圍。

再說觀點差異。時間條件成立只是一個必要前提，關鍵是馮友蘭文章講真名士的四個特點，沒有涉及名士的「節操」，這是陳文與馮文的明顯區別。在陳寅恪看來，人格美中最重要的應當是「節操」，所以對魏晉名士身上的佯狂任誕，林泉隱逸，口談玄理等，看得並不特別重要，他要看骨子裡的「節操」，即不能勢利。陳寅恪的這個思想在《元白詩箋證稿》中明確表達為易代之際區別「賢與不肖」「巧與拙」的標準，陳寅恪極為鄙視那種為自己名利善用兩種以上不同標準和社會習俗的人。

最後看陳寅恪一九五二年的絕句〈男旦〉：

改男造女態全新，鞠部精華舊絕倫；

太息風流衰歇後，傳薪翻是讀書人。

我過去曾在文章中指出此詩是針對馮友蘭的，其中「太息風流衰歇後」中的「風流」不是偶用習語，而特指〈論風流〉。陳寅恪文章中的「既享朝端之富貴，仍存林下之風流」，似也可按此思路理解。

陳馮交往，目前能見到的史料極為有限，恰當判斷二人的關係是很困難的，猜測性的判斷雖不能完全準確，但在「通性」真實上，還不能說沒有意義。一九四九年後，陳寅恪對馮友蘭的出處肯定有自己的判斷，這一點在陳寅恪著作的細部均有流露，我也曾在不同文章中有詳細敘述，此處不贅。

也許會有人說，陳寅恪對馮友蘭及同時代朋友、學生的暗諷，是不是顯得陳寅恪不忠厚。我以為不能這樣理解。陳寅恪在事關個人「節操」方面，有他穩定的是非標準，如果有恰當時機，他從不隱瞞自己的看法，一九五三年在給科學院的答覆中，他對汪籛、周一良和王永興的態度是何等直率鮮明。

陳寅恪岑仲勉關係小考

近人論及陳寅恪與岑仲勉關係，多從正面立論，強調二人學術風格雖異，但學術交情正常，只從一般學術風格著眼，對於陳、岑二人思想的細微處較少留意。蔡鴻生《仰望陳寅恪》中〈康樂園「二老」〉一節是較早將陳寅恪和岑仲勉作比較的文章（該書第一二〇頁，中華書局，二〇〇四年）。項念東《二十世紀詩學考據學之研究——以岑仲勉、陳寅恪為中心》一書（安徽教育出版社，二〇一四年）將陳、岑二人學術分歧及相關評述均作了討論，但對他們思想變化的微妙處，尚未察覺。現結合新見史料，略作解釋。

陳寅恪最早提到岑仲勉是在給陳垣的一封信中。一九三三年十二月，陳寅恪讀了岑仲勉在《聖心季刊》上的文章，覆函陳垣，信中說：「岑君文讀訖，極佩，便中乞代致景慕之意。此君想是粵人。中國將來恐只有南學，江淮已不足言，更不論黃河流域矣（《陳寅恪集・書信集》第一二九頁）。

一九三三年一月二十二日，岑仲勉在給陳垣的一封信中提到：「奉十二月二十日惠書，夾陳君寅恪手緘，獎譽備至，慚汗交並……陳君緘附繳，便祈代達感意也」（《陳垣來往書集》（增訂本）第五六八頁，三聯書店，二〇一〇年）。由此信可知當時岑仲勉對陳寅恪的感激之情。到了一九三七年五月十八日，岑仲勉給陳垣的信中還在問陳寅恪的情況，他說：「寅恪先生常見否？便見時懇略代一探（如何方式），俟接約後再通問也。郵寄清華想必能達」（同上第五八六頁）。到了一九三七年六月一日，岑仲勉已接到中研院史語所聘書，準備下月即就職，他在給陳垣的信中再問：「寅恪先生郵址，盼能日間見告」（同上第五八六頁）。

陳、岑具體相識時間，大約在一九三八年間。岑仲勉回憶：「一九三八年入滇，維時研究所圖書在途，供讀者只隨身零本，八、九月間在昆明青雲街靛花巷初與陳寅恪兄會面，渠詢余近狀，余以擬輯唐人行第錄對」（《唐人行第錄》第三頁，中華書局，一九六三年）。一九四八年在關於李嘉言《賈島詩注》及《賈島年譜》的書評中，因李嘉言引陳寅恪之說，以為賈島不屬牛李任何一黨，岑仲勉書評中有一句「惑於近人趨時之說」，李嘉言回應文章中認為「似對余所本者亦有微辭，則非余所能知也」（《岑仲勉史學論文集》第三〇三頁，中華書局，一九九〇年）。

一九四九年前，陳、岑關係是正常學人關係，二人關係發生變化是一九五〇年後。

陳寅恪對岑仲勉思想的變化雖不認同，但對他在學術上的貢獻依然尊敬。《元白詩箋證稿》之〈七德舞〉及附錄〈白樂天之先祖及後嗣〉等篇（《元白詩箋證稿》第一四一、三三〇頁）始終保留對岑仲勉文章的證引，到《柳如是別傳》中，依然引證岑仲勉《唐人行第錄》（下冊第一一六四頁），黃萱藏書中還有岑仲勉《通鑒隋唐紀比事質疑》（南宋〈到市圖欣賞黃萱贈書〉，新浪博客http://blog.sina.com.cn）可見陳寅恪很留意岑仲勉的研究工作。

陳寅恪對岑仲勉思想變化的意見，主要源於岑仲勉《隋唐史》中趨時變化且處處對陳寅恪的批評，這可以通過陳寅恪當年一首舊詩看得出來。此詩以〈經史〉之名流傳，但最初的詩題為〈有感〉（我收藏有一冊羅孟韋家流出的陳家舊詩抄本），全詩如下：

虛經腐史意何如，溪刻陰森慘不舒。
競作魯論開卷語，說瓜千古笑秦儒。

關於此詩寫作時間，有兩說。清華版《陳寅恪詩集》繫於一九四九年至一九五〇年之間，三聯版《陳寅恪集‧詩集》繫於一九五一年至一九五二年之間。周一良、朱新華斷為一九五〇年或本年暑假稍後（胡文輝《陳寅恪詩箋釋》下冊第五五一頁）。

我曾認為本詩作於一九五一年後，並以為此詩是對一九五一年五月二十日《人民日報》社論〈應該重視關於電影《武訓傳》的討論〉的感慨。當尋到今典以後，可說這個判斷完全錯了。本詩是對岑仲勉《隋唐史》的感慨，時間當以周一良、朱新華判斷較合情理。

一九五〇年一月，岑仲勉完成了他在中大的講義《隋唐史》，先以油印形式在校內流傳，一九五四年高教部印出供全國高校內部交流，一九五七年由高教出版社公開出版。

岑仲勉一九四九年後的學術研究中，喜引時人論述，比如郭沫若、史達林等，思想觀念多有趨時之論，如講唐代「門第之見與郡望」一節中說：「猶茲今時土改，旨在剷除剝削，地主如能勞動自活，政府並未嘗加以摧抑也」（《隋唐史》卷一第九二頁，商務印書館，一九五四年），岑仲勉還喜歡現學現用唯物論和辯證法。《隋唐史》講義附錄中即有「試用辯證法解說隋史之一節」。岑仲勉認為「實則一切現象，屬自然的或人事的，無不可應用辯證法以觀察其因果」。文後岑仲勉又引了列寧一段關於辯證法的論述以及其它時論。附錄二「論陳亡之必然性」，開始即講：「唯物論辯證法範疇中有所謂必然性與偶然性，必然性是不可避免地要從事物本質、本身發展出來的現象、事變。偶然性是可有可無的現象，在其一般總過程上說，並不由現象的本質、本身生出來的現象，但可以說是出現於兩個必然事變現象的交叉點上」（同上第六八頁）。

如所周知，岑仲勉《隋唐史》講義中對陳寅恪的許多觀點多有駁論，金毓黻《靜晤室日記》中說《隋唐史》「有意與陳氏為難，處處與之立異」（該書第十冊第七一七三頁，遼瀋書社，一九九三年）。

陳寅恪的獨立思想向為人知，他給科學院的答覆即為明證，陳寅恪不信辯證法。在同一大學同一系，岑仲勉《隋唐史》講義中對辯證法的推崇，陳寅恪不會不知。

吳定宇《守望：陳寅恪往事》（中國社會科學出版社，二〇一四年）對卞孝萱一九五八年批評陳寅恪事，雖隱其名，但出語嚴厲，此事件其實也涉及陳寅恪和岑仲勉關係。

一九五八年八月十七日《光明日報·文學遺產》第二二二期刊出卞孝萱文章〈與陳寅恪先生商榷「連昌宮詞」箋證問題〉，一九五八年十二月二八日《文學遺產》第二四一期又刊卞孝萱〈對陳寅恪《元白詩箋證稿》的一些意見〉。近年隨著當年文人往來書信的披露，人們得以知道這些文章當時完成的細部背景。二〇一六年西泠印社春季拍賣圖錄中有一封岑仲勉致卞孝萱的信（《西泠印社中外名人手跡專場》圖錄編號二〇八八，二〇一六年，杭州），從中可看出岑仲勉和陳寅恪關係的一個側面。原信不長，全文引述如下：

孝萱同志：

承示大著，持論甚穩。寅恪兄作品細針密縷，自是不易幾及，然有時設想過曲，遂流於泥。拙對《連昌宮詞》，無何研究，特述鄙見，以酬下問：

一、錢氏之說，似比墨莊進一步，批評時或當分開，不應等而視之。

二、陳引樂史之文，意是而言疏，引文後如加一句「當本自舊說，」便甚明白。

三、潭峻如能改五為六，那今皇字亦似應連類而改，又肅代德順，恰五十年，亦參改，陳說顯站不住。玄宗死後（憲、琮死在前）加入贈帝惔，可能湊足六數，但太勉強。究不如說不學無術者，以集名「長慶」，妄改為六，似較近。

四、陳意認「閑」才是正字，「枓」也是別字，且俞注應作「閑栱、枓栱」，今略去「閑」字，會遭到陳之反詰。（即是俞也不知「閑」為合）。

年譜承賜閱，怕無何補助，但也願安承教也。此候撰祺。

岑仲勉　六、廿一。

原作壁

由岑仲勉信中可知，岑仲勉雖對陳寅恪保有尊敬，但具體意見均為否定陳說，幫助卞孝萱駁陳寅恪。由一九五八年八月十七日《光明日報》刊出卞孝萱文章〈與陳寅恪先生商榷「連昌宮詞」箋證問題〉時間推斷，大體可以得知，此信寫作時間應是一九五八年六月二一日。當時卞孝萱在北京工作，他寫完〈與陳寅恪先生商榷「連昌宮詞」箋證問題〉後，曾寄遠在廣州的岑仲勉爭求意見，岑信即為此而復。但證之後來公開刊出的〈與陳寅恪先生商榷「連昌宮詞」箋證問題〉，可以發現，岑的意見，卞文多數採納，雖未直接出現岑信原話，而將原稿中岑指出過的問題刪除了。卞文完成後能想到先寄岑爭求意見，可以判斷卞深知岑與陳在學術上的分歧。

梁承鄴《無悔是書生——父親梁方仲實錄》（中華書局，二〇一六年）中講到早年梁方仲和中山大學老輩學者關係時，提到一個細節。陳寅恪曾給梁方仲贈過一個詩條，抄錄了陳詩〈壬午春日有感〉。

原詩是「滄海生還又見春，豈知春與世俱新。讀書漸已師秦吏，鉗市終須避楚人。九鼎銘辭爭頌德，百年麤糲總傷貧。周妻何肉尤吾累，大患分明有此身」（《陳寅恪文集‧詩集》第三五頁）。

詩後有陳寅恪一段話：「尊作有真感情，故佳。太平洋戰後弟由香港至桂林曾賦一律。仲勉先生時在李莊，見之寄和一首，不知尚存其集中否？和詩僅記一二句，殊可惜也。拙作附錄，以博一笑。方仲兄　弟寅恪敬啟　十月十六日」（第二二二頁）。

原詩條無具體年份，梁承鄴判斷為「抄送時間以一九六一年的可能性可能更大些。梁說：「一九六一年十月七日岑仲勉辭世，我父曾寫了悼詩，陳氏看悼詩後（也可能包括先父在李莊時期，曾用陳氏詩韻所做的舊詩），認為『有真感情』，勾起與岑氏過往交誼的回憶，特地抄出與岑氏曾寄和過的一首舊詩贈先父並表達對岑氏辭世的悼念。同時，也不排除有藉送此詩抒發心曲的可能性。」

我以為梁承鄴判斷準確，雖未多言，但他敏感察覺到了陳、岑關係的微妙處。梁書使用了影印件。陳詩〈壬午春日有感〉，陳集原詩題為〈癸未春日感賦〉，詩後注明「一九四三年春」而「壬午」為一九四二年，時間詩題略有差別。

現在的問題是岑仲勉去世後，陳寅恪何以要重抄當年舊詩給梁方仲，其中「心曲」為何？其實還是岑仲勉在《隋唐史》講義中對陳寅恪多有批評，即金毓黻《靜晤室日記》所言。比如陳寅恪高度評價韓愈在古文運動中的作用，而岑仲勉在《隋唐史》講義「編纂前言」中即不點名批評陳寅恪。岑仲勉說「蘇軾稱文起八代之衰，今之人更推愈為革命鉅子，此以名家之言而漫不加察者也。由駢文轉為散文，高武間陳子昂實開其先，唐人具有定論，繼陳而起之散文作家，實繁有徒，下逮韓柳，完全踏入鍛煉之途，唐文至此，已登峰造極，稍後，即轉入樊宗師之澀體，終唐之世，無復有抗衡者。歐陽修作文重簡（如新唐書）煉（如醉翁亭記），故盛推韓，由今觀之，韓可謂『散文之古文』。去古愈遠，然可信當時一般人讀之，亦非明白易曉者。故推究唐文改革，分應附於高武之間，以糾正九百年來之錯覺，此又歷史時間性不可抹殺之一例」（《隋唐史》第四頁，高等教育出版社，一九五八年）。

岑仲勉後又在《隋唐史》第十七節「文字由駢體變為散體」中再次重複同樣的話，並在注解中直說：「吾人批判，要需看實行如何，若唯執一兩篇文章，便加推許，則直相皮而已」（同上第一八〇頁）。

陳寅恪講李唐先世源流，岑仲勉也不認可，而說「陳氏之說，殊未可信」（同上書第九十二頁）。岑仲勉《隋唐史》中駁難陳寅恪的具體事例，項念東《二十世紀詩學考據學之研究——以岑仲勉陳寅恪為中心》一書曾詳列表格明示（見該書第五十七至六十一頁），此不具引。

岑仲勉《隋唐史》除正文中對陳寅恪多有駁難外，注解中有些批評，可能讓陳寅恪在感情上受到了傷害。比如關於「開遠門為安遠門」一事考證完結後，岑仲勉溢出考證，說了這樣的話：「明是字訛失檢，卻不惜以意逆臆，且更詡為精密，實屬是非顛倒」（同上書第三七四頁）。另外如關於安史之亂的評價，岑仲勉認為：「善戰與否（就正義之戰立論），需以愛國思想及經常訓練等為先決條件，陳氏獨謂『安史之徒乃自成一系統最善戰之民族，在當日軍事上無與為敵』，則未免陷入唯心論。且更違反祿山亦常敗衄之現實也」（同上第二六四頁）。

我認為陳寅恪一九五一年絕句〈經史〉和一九五二年春絕句〈詠校園杜鵑花〉均暗指岑仲勉。梁承鄴提供的這一細節，似可作一旁證。

岑仲勉在隋唐史諸問題上對陳寅恪的駁難，陳寅恪雖在後來有些文章中有所涉及，但從未直接回應岑仲勉。聽到岑仲勉辭世後，陳寅恪內心一定有物傷其類之感。〈壬午春日有感〉，文輝兄釋讀甚詳，此不備錄。全詩整體意思是在專制情況下，讀書人為了活下去，做點「八股文章試帖詩」和「宗朱頌聖」一類的事，以免殺身之禍，實為不得已。我理解陳寅恪詩贈梁方仲，是表達對岑仲勉批評的涼解，也略含對當年曾詩諷岑仲勉的歉意。這也許就是陳寅恪的「心曲」吧。

現在回到〈經史〉上來。以往解陳詩文章，對此詩爭論頗多，但最後綜合余英時、朱新華、胡文輝等人意見，將「虛經」和「腐史」聯想《列子》和《史記》典故，認為此詩暗指

「馬列」，似成定論。此證成立，但它對應的卻不是一個抽象觀念，而是具體指岑仲勉用唯物辯證法來研究中國歷史的事實。

「溪刻陰森慘不舒」用《世說新語‧豪爽》典故，桓溫讀〈高士傳〉，至於陵仲子，便擲去曰「誰能作此溪刻自處」，「溪刻」是苛刻、刻薄之意，恰合陳寅恪讀《隋唐史》講義情景。「魯論」後世借指《論語》，為讀書人的課本，此處是「講義」之意，代指岑仲勉《隋唐史》。「開卷語」，文輝兄聯想「學而時習之」為《論語》第一句，解為當時「學習馬列的風氣」，意到而史未到，其實就是指《隋唐史》講義「編纂簡言」，岑仲勉在此「簡言」中不指名批評了陳寅恪。

「說瓜」一典，文輝兄指出，源自衛宏《詔定古文尚書序》：「秦既焚書，恐天下不從所改更秦法，而詔諸生，到者拜為郎，前後七百人，乃密種瓜於驪山陵谷中溫處，瓜實成，詔博士諸生說之，人言不同，乃令就視，為伏機。諸生賢儒皆至焉，方相難不決，因發機，從上填之以土，皆壓，終乃無聲。」

陳詩之意謂知識份子如果沒有獨立思想，簡單趨時，最後結局可以想見。以往解陳詩，因受余英時先生影響，思路多偏向抽象政治，但此路如不通向具體人事，則陳詩還是不得確解，往往與詩意不合。解陳詩，尋得岑仲勉今典，陳寅恪的許多「謗詩」就易解了。

岑仲勉一九五〇年在中大印行講義《隋唐史》，「有意與陳氏為難，處處與之立異」。岑仲勉當時推崇辯證法，而陳寅恪對此很反感。上世紀三十年代初，陳寅恪〈與劉叔雅論國文試題書〉中就直接講過「平生不解黑智兒（一譯黑格爾）之哲學，今論此事，不覺與其說暗合，殊可笑也。」到了一九六五年，陳寅恪為此文寫「附記」時還說：「又正反合之說，當時唯馮友蘭君一人能通解者。蓋馮君熟研西洋哲學，復新遊蘇聯返國故也。今日馮君尚健在，而劉胡並登鬼錄，思之不禁憫然！是更一遊園驚夢矣」（《陳寅恪集‧金明館叢稿二編》第二五五、二五七頁）。此即後來陳寅恪給科學院答覆的源頭，他不信辯證法。當時北京已有陳寅恪早年清華同事馮友蘭的順時而變，現在廣州陳寅恪早年史語所同事岑仲勉也首先表態，用辯證法來解釋隋唐史，此即「美人穠豔擁紅妝，嶺表春回第一芳」之意。「誇向沉香亭畔客」是化用李白〈清平調〉「名花傾國兩相歡，常得君王帶笑看。解釋春風無限恨，沉香亭北倚欄杆」之意，岑仲勉是唐史專家，此處用「沉香亭畔客」借指唐史研究者，語意精妙。「南方亦有牡丹王」易解，但關鍵是一「亦」字，我理解是以北方馮友蘭對指岑仲勉。

陳寅恪錢鍾書喜談穢褻事

錢鍾書、陳寅恪喜談穢褻事，這個判斷，凡熟悉錢陳書的人都大體認可。錢鍾書《容安館札記》涉此類事極多。陳寅恪也有這個趣味。記得有則學林掌故說，上世紀三十年代初，朱延豐參加畢業考試後，陳寅恪問朱延豐考得如何，延豐為還不錯，陳笑曰：「恐不一定。當時還準備一題，後覺恐較難，故未問，即中古時老僧大解後如何潔身。」延豐未作聲，另一學生邵循正回答：「據律藏，用布拭淨。老僧用後之布，小僧為之洗滌。」陳初聞未語，後深表贊許。雖是學林回憶，但此類事放在陳寅恪身上一般不錯。其它如「楊貴妃入宮時是否處女」，也是陳寅恪專門談過的問題。

狐臭的雅稱「慍羝」，錢鍾書陳寅恪都專門談過此事。《圍城》裡有個細節：唐小姐坐在蘇小姐和沈先生坐位中間的一個繡墊上，鴻漸孤零零地近太太坐了。一坐下去，他後悔無及，因為沈太太身上有一股味道，文言裡的雅稱跟古羅馬成語都借羊來比喻：「慍羝。」這暖烘烘的味道，攙了脂粉香和花香，薰得方鴻漸泛胃，又不好意思抽煙解穢。心裡想這真是從法國新回來的女人，把巴黎大菜場的「臭味交響曲」都帶到中國來了，可見巴黎大而天下小。（《圍城》第六十一頁，人民文學出版社，一九九一年）

錢鍾書後來在《容安館札記》中又多提此事，並引述了許多西文資料。他讀馬提亞爾（Martial）諷刺詩提到形容薇圖斯蒂拉（Vetustilla）醜狀時說：「氣味類母羊之夫」並引陶宗儀《輟耕錄》卷十七〈腋氣〉條考「狐臭」當作「胡臭」，即《北里志》所謂「慍羝」，還指出胡侍《真珠船》卷六襲之，認為「吾國古人正亦以羝羊為比」。然後引梁山舟《頻羅庵遺集》卷十四《直語補證・狐騷》條，標出《山海經・北山經》中曾說：「食之不驕。」後的注認為：「或作騷，臭也。」並說梁玉繩《瞥記》卷七也有同樣的說法。錢鍾書同時又引《雜阿含經》卷四十天帝釋敗阿修羅一段中異仙人所說偈言：「今此諸牟尼，出家來日久。腋下流汗臭，莫順坐風下。千眼可移坐，此臭不可堪。」錢鍾書還提到《別譯》卷三中有：「我身久出家，腋下有臭氣。風吹向汝去，移避就南坐。如此諸臭氣，諸天所不堪。」錢鍾書還指出《春渚紀聞》卷一中說黃山谷曾患腋氣，還說錢飲光《藏山閣詩存》卷十二〈南海竹枝詞・之五〉有個自注：「粵女多腋氣，謂之『袖兒香』，媒氏以羅巾拭腋送客，驗其有無」，同時引俞蛟《潮嘉風月記》說：「紐兒兒膚髮光膩，眉目韶秀，惜有腋氣。遇燕集酒酣，輒薰滿坐，往往有掩鼻去者。獨周海廬與昵。余拈〈黃金縷〉調之曰：『百合香濃薰莫透，知君愛嗅狐騷臭。』海廬大慚。」錢鍾書認為，汗臭最難忍，他再引孔平仲《談苑》史料：「余靖不修飾，嘗盛暑有諫，上入內云：『被一汗臭漢薰殺，噴唾在吾面上。』」錢鍾書還引述了希臘失名詩人詩中關於腋氣的史料。（本段源於「視昔猶今」的新浪博客）

一九三七年，陳寅恪有一篇幅名文〈狐臭胡臭〉。陳寅恪認為，腋氣本由西胡種人得名，「迨西胡人種與華夏民族血統混淆既久之後，即在華人之中亦間有此臭者，倘仍以胡為名，自宜有人疑為不合，因其復似野狐之氣，遂改『胡』為『狐』矣。若所推測者不謬」（《寒柳堂集》第一四二頁，上海古籍出版社，一九八〇年）。陳寅恪最後結論是「胡臭」一名較之「狐臭」更早且正確。他同時指出，考論我國中古時代西胡人種者，止以高鼻深目多鬚為特徵是不夠的，還應當注意腋氣。

陳寅恪此文一個明顯特點是不引常見書中的史料，而是專引中國醫書，如巢元方《諸病源候總論》、孫思邈《備急千金要方》、楊士瀛《仁齋直指方》和李時珍《本草綱目》。另外涉及崔令欽《教坊記》、何光遠《鑒誡錄》。

〈狐臭胡臭〉初刊於一九三七年，錢鍾書一九三八年由法國歸來，按常理推測，錢鍾書應該讀過陳寅恪的文章。《圍城》一九四七年在上海初版，書中提到「慍羝」，後《容安館札記》中又搜羅相關史料，但沒有提到陳寅恪的文章，凡陳文引過的史料，錢鍾書一概不提，似乎是有意擴充陳文的史料，同時特別指出《輟耕錄》卷十七〈腋氣〉條已考「狐臭」當作「胡臭」，此論與陳寅恪看法相同。這個順手的史料中可能暗含一點對陳文靈感和原創性的評價。

周恩來談陳寅恪

一九五四年二月十五日，徐頻芳來看鄧之誠，當天鄧之誠在日記中說：「周恩來在科學院講演，對陳寅恪說反動言語，頗有恕詞，則異聞也。」（《鄧之誠文史札記》下第七八〇頁，鳳凰出版社，二〇一二年）。第二天高名凱來鄧家，告鄧之誠周恩來講演不在科學院，而在政務院，是兩星期前的事。

周恩來的這個講演，已公開的相關周恩來文獻中沒有出現過。我的老朋友熊衛民是專門研究當代中國科學史的專家，在文獻方面有長年積累，我讓他幫忙查一下，他很快就查到了周恩來的這個演講記錄稿。對照鄧之誠日記，可以判斷此事是真實的。在陳寅恪研究中，這則史料很重要，它直接表明當時高層對陳寅恪的評價，同時也證明以往披露的關於陳寅恪對科學院的答覆情況，很快就到達了高層並在高層形成了對陳寅恪的基本判斷。張稼夫後來關於學部委員產生時，毛澤東對陳寅恪問題的批示「要選上」的回憶也是真實準確的（《庚申記逝》第一三一頁，山西人民出版社，一九八四年）。

一九五四年一月二八日，周恩來在政務院第二〇四次會議上的講話中說：「老科學家中一部分思想未改造好，思想上的隔閡要進行教育，使大家好好做工作，也會有個別壞的，在改造中個別淘汰，但絕大多數要團結，有的思想上守舊者如陳寅恪為歷史學家，但他是愛國的，英國不去，美國不去，俞大維是他的妹夫，傅斯年也是他的親戚，我們請他作中古所所長，他要兩個條件，第一個是不研究馬克思列寧主義，另一個要毛、劉二長保證，我們怎麼辦呢？第一我們問他是否是愛國者？是否新中國比舊中國好一些，因為他不去臺灣，與美英帝國主義國家比較也好些。思想界線很保守，有反動思想不待言，他身體很壞，學問也不是了不起的，我們等待他，他已六十多了，曾留學美國，在舊中國待了五十多年，在新中國只有幾年，能有我們這樣覺悟嗎？他對參加政協的先生們大罵；雖然舊思想很嚴重，但是愛國者（根據我們的材料），我們等待他，看他四年、八年、十年，他會變的，蘇聯科學家十年之久才轉變的很多。這樣人科學院為極少數，大多數熱愛祖國，是愛國知識份子，學習蘇聯很贊成，因而更應團結，思想方法上有問題慢慢教育幫助。」（王少丁、王忠俊編《中國科學院史料彙編一九五四年》第三十一頁，中國科學院院史文物資料徵集委員會辦公室，一九九六年十二月）

因為是記錄稿，未經講話本人審閱，常見記錄筆誤難免。比如說陳寅恪「學問也不是了不起的」，按講話邏輯和語氣，我猜測當是「學問是很了不起的」之筆誤。此外說陳寅恪「對參加政協的先生們大罵」，可以反證陳寅恪平時有些言論通過特殊管道上達了高層，陳寅恪對「參加政協的先生們大罵」一語，對理解陳寅恪晚年的舊詩也很有幫助。過去學界曾有傳聞說周恩來在法國時見過陳寅恪，讀周講話語氣判斷是現場隨意發揮，對陳的家世和姻戚關係很熟悉，但沒有提及自己和陳的關係，可證學界傳聞並不可靠，如果周、陳熟悉，按當時周的講話風格，他應當隨口講出。

陳寅恪對科學院的答覆，即為人熟知的「汪籛報告」，據劉大年後來回憶，陳寅恪的答覆由汪籛口頭彙報，汪籛當時帶回來陳寅恪的兩篇文章，四首詩，文章很快發表在《歷史研究》上，詩是給北大教授鄧之誠的，有〈會議〉、〈經史〉、〈文章〉等題目，其中多用古今典故，包括梅蘭芳最初演戲的戲園名稱等，由翦伯贊注釋後刊登在中宣部的內部刊物上（劉璐、崔永華編《劉大年存當代學人手札》第四十六頁，中國社會科學院近代史研究所，一九九五年）。

鄧之誠日記裡多有關於陳寅恪的記載，向為人知，此不備述。最有名的評價即陳詩是謗詩並明確指明有首詩是諷刺范文瀾的。從各方面資訊判斷，當年傳說中的各方對陳寅恪的評價，現在看來均有文獻證據，可以坐實，如果劉大年沒有記錯，那麼「翦伯贊注釋後刊登在中宣部內部刊物上」的幾首陳詩，也應當是存在的，只要有人留意，早晚會公之於世。

《元白詩箋證稿》批校本

我從孔夫子舊書網偶得一冊《元白詩箋證稿》（古典文學出版社，一九五八年），閒時翻看，發現此書有題記和一些批校，細讀之後，感覺批校對理解當時學者心態及陳寅恪其人其著的時代沉浮不無價值，借用中國古籍批校本稱謂，名之為《元白詩箋證稿》批校本。

中國古籍批校本至少要滿足兩個條件，一是雕版書；二是墨筆或朱筆批校。此《元白詩箋證稿》是現代鉛印書籍，用鋼筆批校，可稱現代批校本。古籍批校本因有特殊價值，歷來有造假者，此《元白詩箋證稿》售價低廉，與通行本價格無異，可排除造假可能。

陳寅恪《元白詩箋證稿》，有一九五〇年嶺南大學中國文化研究室刊本，線裝一冊，可視為此書初版本；一九五五年，作者修改後，文學古籍刊行社再版，鉛印一冊，此是《元白詩箋證稿》第二個版本；一九五八年四月，《元白詩箋證稿》經陳寅恪校正錯誤，增補材料後，由古典文學出版社出版鉛印本。《元白詩箋證稿》批校本即依此版，略作介紹如下：

一、題記及作者

扉頁鋼筆題記（原文豎寫）：

元白詩箋證稿，考校字義典故、史實，固多獨見。然其間貫穿著唯心史觀，否定物質生產、階級鬥爭和人民群眾對文學史的決定作用，把文學當作文學家主觀塑造的東西，片面地誇大文學家的天才。對舊史料也毫無批判地運用，且其間為考據而考據，厚古薄今，脫離現實之處，所在多有。但蒐集資料較多，對研究元白詩及唐史皆有參考的價值。惟運用時應加批判分析，否則就會墜入其唯心史觀的泥坑。

鍥不舍者敷五記 一九五八、九、十

題記落款「鍥不舍者敷五」，我猜測「鍥不舍者」或為齋名，「敷五」或名或號，一時沒有查到任何史料。網上查到一則「王祺孫」信息，其字敷五，係民國大商人王占元之子，後王敷五子承父業，亦為天津有名富商。王氏父子均雅好書畫，與其時畫壇名流如于非闇、張大千、齊白石多有往來，收藏極富。無史料判斷此「王敷五」即是「鍥不舍者敷五」，但從年齡和活動時間推斷，此「王敷五」或略具可能，敷五為名，似也不常見。

細讀此人批校，發現其對中國古籍非常熟悉，批語行文，簡潔流暢，鉛筆楷書字體方正有力。可推測批者有較高文化修養。為敘述方便，以下姑以「敷五批」為標識。

題記遣詞造語及對陳寅恪學術的判斷，皆有典型時代痕跡，所謂一分為二的思考方式，對陳寅恪的學術略有肯定，但思想方法上則全面否定。題記雖簡短，但同時代批判陳寅恪的所有學者及批判文章，不出此題記思路，可見當時學者所受時代潮流影響之深。

讀書批校，屬私人行為，一般來說不具外在壓力，私人讀書批校，而完全不脫主流學術觀點，可知時代學術潮流已發生根本變化，而且不排斥學者有認同時代潮流的自覺意識。

一九五八年，中國學術界批判「厚古薄今」，陳寅恪首當其衝，此後即不上課。當時《歷史研究》、《光明日報》、《新建設》等學術雜誌，均刊出過批判陳寅恪的文章，中山大學也將陳寅恪作為重點學術批判對象。「敷五批」深受時代影響，可視為陳寅恪學術命運的一個時代縮影。

二、具體批語

此本批多校少，校只一二處，無關緊要。批校方式是先用曲線標出原文，針對所標原文意思，在書上端空白處批註，以下一一列出：

陳著「自來文人作品，其最能為他人所欣賞，最能於世間流播者，未必即是其本身所最得意，最自負自誇者。」敷五批：「不為他人所欣賞，不為世間所流播，雖自負自誇，也不過缺乏人民性的貴族文學。」

陳著：「所謂文人學士之倫，其詮釋此詩形諸著作者，以寅恪之淺陋，尚未見有恰當之作」。敷五批：「自負甚高，目空一切」。

陳著：「第一，需知當時文體之關係。第二，需知當時文人之關係。」敷五批：「從文體文人關係釋長恨歌，如隔靴搔癢」。

陳著「朱之考異云……」。敷五批：「陳氏所謂文體指歌傳為一體，引鶯鶯歌傳，石鼎聯句序及詩為證，但也不能說明其普遍性。」

陳著：「其意境宗旨，迥然分別，俱可稱為超妙之文。敷五批：「其所讚歎，亦甚皮相。」

陳著：「此固微之天才學力之所致，然實亦受樂天之新樂府體裁之暗示。」敷五批：「稱微之為天才。」

陳著：「即是白陳諸人，洵為富於天才之文士矣。」敷五批：「稱白陳為天才。」

陳著：「雖於白氏之文學無大關涉，然可藉以了卻此一重考據公案也。」敷五批：「為考據而考據，雖與無關，亦牽強為之。」

陳著：「未必真見其第一等材料而詳考之也……且依第一等材料開元禮為說。」敷五批：「兩稱一等材料，其對史料重視可見。」

陳著：「正史小說中諸記載何所依據，今不可知……」敷五批：「引書十五種長達四頁，僅考出貴妃非處女，不唯與長恨歌無關，且作用也不大。」

陳著：「此條失之眉睫，（友朋中夏承燾先生首舉以見告，甚感愧也）。」敷五批：「好像治史唯一就是史料，只有煩瑣的考據者才如此。」

陳著：「及七夕長生殿私誓等物語之增飾。今不得不略為辯證。」敷五批：「又來考證一番。」

陳著：「寅恪淺陋，姑妄言之，以俟當世博識學人之教證焉。」敷五批：「稱淺陋，看似謙虛，而實不然。」

陳著：「欒史所載，未詳其最初所出。」敷五批：「後漢書卷三零烏桓鮮卑列傳，言烏桓『婦人至嫁時乃養髮為髻，著句決，飾以金碧，猶中國有簂步搖』注云『簂或作幗，婦人首飾也。續漢輿服志，公卿劉侯夫人紺繒幗《釋名》皇后首飾上有垂珠步則搖之』。范書卷十後紀，和熹鄧後條『以未有步搖環珮，加賜各一具。』以下又考霓裳羽衣曲的來歷。」

陳著：「我昔元和侍憲皇，曾陪內宴宴昭陽者，乃依據在翰林時親見親聞之經驗。」敷五批：「不忘考據。」

陳著：「既著重於舞，故以作『看』為尤。」敷五批：「考訂一看字。又提出材料。」

陳著：「姑記此疑，以俟詳考。」敷五批：「從事煩瑣考據，因而越考問題越多。以下考六軍的來歷。」

陳著：「峨嵋山下少人行，旌旗無光日色薄。」敷五批：「箋證峨嵋山。」

陳著：「行宮見月傷心色，夜雨聞鈴腸斷聲。」敷五批：「箋證雨鈴二字。」

陳著：「夕殿螢飛思悄然，孤燈挑盡未成眠。」敷五批：「箋釋挑燈二字。」

陳著：「中有一人字太真。」敷五批：「考太真。」

陳著：「而微之天才之所表現者也。」敷五批：「又談天才。」
陳著：「必就同一性質題目之作品，考定其作成之年代。」
敷五批：「再次申明用排比材料方法研究文學史的偏見。」
陳著：「真可謂能所雙亡，主賓俱化，專一而更專一，感慨復加感慨。」敷五批：「唯心論調。」
陳著：「間關鶯語花底滑，幽咽泉流冰下灘。」敷五批：「詮釋冰下灘，以元白詩反覆相證段氏所解。」
陳著：「戲曲家之說，未知所本，恐不可據。俟考。」敷五批：「需考太多。」
陳著：「江州司馬青衫濕。」敷五批：「考青衫二字殊有來歷。」
陳著：「宮詞不能作於十四暮春之證也。」敷五批：「此章幾乎用了一半的篇幅考證微之是否經過連昌行宮，感時撫事而有是作，未免詞費。」
陳著：「若非文學之天才，焉能如是。」敷五批：「又歎元稹天才。」
陳著：「微之夢遊春詩傳誦已逾千載。其間自不免有所偽誤。茲舉一例言之，如『嬌娃睡猶怒』之『嬌娃』二字。」敷五批：「考證嬌娃為獢娃甚允。」
陳著：「鶯鶯傳為微之自敘之作，其所謂張生即微之之化名，此固無可疑。」

敷五批：「為何此處不考證便下斷語？」

陳著：「唐代當時之人即視安史之變叛，為戎狄之亂華，不僅同於地方藩鎮之抗拒中央政府，宜乎尊王必先攘夷之理論，成為古文運動之一要點矣。」敷五批：「此又言安史變叛刺激古文運動的興起。」

陳著：「此類百戲，源出西胡。」敷五批：「考百戲源於西胡與其文化西來的錯誤論點有關。」

陳著：「獻樂及幻人，能變化吐火，自支解，易牛馬頭。」敷五批：「漢書西域傳贊『作巴俞都盧海中碭極漫衍魚龍角抵之戲。』武紀元封三年『春作角抵戲』師古引文穎注云『蓋雜技樂也。巴俞戲魚龍蔓延之屬也』。獻樂以下數語，並見於後卷八十一陳禪傳。元紀·初元五年，罷角抵，荀悅漢紀，罷角抵戲。」

三、結論

《元白詩箋證稿》批校本，雖為一普通批本，但它的存世和發現還不無意義。

敷五批本整體對陳寅恪學術的判斷，表明當時中國學術界基本否定陳寅恪的學術貢獻。一九五八年，郭沫若〈關於厚今薄古問題〉刊出後，所謂「在資料佔有上超過陳寅恪」已產生影響，學術界對陳寅恪重史料及考據的學術風格懷疑遠勝認可，不但沒有表現出應有的敬意，而且助長了在個別史料方面吹毛求疵的風氣，斅五批本明顯流露對陳寅恪考據方法的輕視和不以為然。

通過斅五批本對陳寅恪學術的評價，可判斷當時中國歷史學界唯物主義、階級鬥爭和人民性等抽象概念已成流行話語，傳統考據方法和重史料應用的研究習慣，已失主導地位。

由《元白詩箋證稿》批校本所留閱讀痕跡可以判斷批者仔細閱讀了全書，批語所占全書比例並不高，似可倒推為凡無批語處，陳寅恪的研究均令人信服，令批者無話可說。

斅五批本中補充了兩條關於「角抵戲」和一條「籋步搖」史料，確為陳寅恪所忽略，說明批者對史料的態度很矛盾，自居史料時強調史料的重要性，無話可說時則貶低史料和考據地位。

通觀斅五批語，感覺批者具相當史學素養，時在一九五八年，批者學術背景定是建立在民國學術訓練基礎之上，但時代轉換後極快熟練運用流行學術概念並自覺認同主流意識形態思想方法，代表當時中國學界多數學者的選擇，趨利避害，隨波逐流，成為時代風尚，更反襯出陳寅恪獨立思想和自由精神的時代光芒。

陳寅恪詩喜用〈哀江南賦〉語詞

一九六四年末，陳寅恪〈歲暮背誦桃花扇餘韻中哀江南套以遣日聊賦一律〉有句「早年熟讀蘭成賦」，由此可知他對庾子山〈哀江南賦〉極為熟悉。一九三一年，陳寅恪寫〈庾信哀江南賦與杜甫詠懷古跡詩〉，提出「以庾解杜」，這個見解自然也建立在對〈哀江南賦〉爛熟於心之上，不然難以在子山工部間建立如此精妙之聯想。

陳寅恪在《論再生緣》中曾說：「若就六朝長篇駢儷之文言之，當以庾子山哀江南賦為第一。若就趙宋四六之文言之，當以汪彥章代皇太后告天下手書（浮溪集一三）為第一」（《陳寅恪集・寒柳堂集》第七二頁），陳寅恪認為陳端生平日對子山之文「深有解會」，而他「頗能識作者之用心」（同上第五十五頁），陳寅恪對〈哀江南賦〉評價如此之高，自然在文辭優美，但更在寅恪與子山身世相似，內心對故國山河變異有心靈相通之感。陳寅恪說：「庾汪兩文之辭藻固甚優美，其不可及之處，實在家國興亡哀痛之情感，於一篇之中，能融化貫徹。」（同上六十五頁）

陳寅恪詩中多用〈哀江南賦〉語詞，不僅是記憶強烈而導致簡單襲用，更有情感濃烈非子山語詞不能盡情表達的主動意願，所以才有陳寅恪一九六〇年的感慨：「不歌禎尾唱紅顏，翻感江關庾子山。」

一、赤縣

〈哀江南賦〉中有「擁狼望於黃圖，填盧山於赤縣」一語。陳寅恪為文也喜用「赤縣」，著名如〈王觀堂先生輓辭・序〉中「蓋今日之赤縣神州值數千年未有之巨劫奇變」（一九二七年），此語在陳詩中更是頻繁出現：

〈紅樓夢新談題辭〉：「青天碧海能留命，赤縣黃車更有人。」（一九一九年）

〈影潭先生避暑居威爾士雷湖上戲作小詩藉博一粲〉：「赤縣雲遮非往日，綠窗花好是閑身。」（一九一九年）

〈昆明翠湖書所見〉：「赤縣塵昏人換世，翠湖春好燕移家。」（一九三九年）

〈癸巳七夕〉：「赤城絳闕秋閨夢，碧海青天月夜情。」（一九五三年）

〈余季豫先生輓詞二首〉：「豈意滔天沉赤縣，竟符掘地出蒼鵝。」（一九五五年）

〈丙午元旦作〉：「一自黃州爭說鬼，更宜赤縣遍崇神。」（一九六六年）

二、神皋

〈哀江南賦〉中有「踐長樂之神皋，望宣平之貴里」一語，陳詩中凡涉故國之思，也多用「神皋」：

〈王觀堂先生輓辭．詩〉：「是歲中元周甲子，神皋喪亂終無已」（一九二七年）

〈楊遇夫寄示自壽詩五首即賦一律祝之〉：「魯經漢史費研尋，聖跡神皋夜夜心。」（一九四九年）

〈甲辰四月贈蔣秉南教授〉：「草間偷活欲何為，聖跡神皋寄所思。」（一九六四年）

三、魚龍

〈哀江南賦〉中有「草木之遇陽春，魚龍之逢風雨」一語，而陳詩中用「魚龍」一詞最為頻繁：

〈庚辰元夕作時正旅居昆明〉：「魚龍燈火鬧春風，彷彿承平舊夢同。」（一九四〇年）
〈丁亥元夕用東坡韻〉：「階上魚龍迷戲舞，詞中梅柳泣華年。」（一九四七年）
〈庚寅元夕用東坡韻〉：「魚龍寂寞江城暗，知否姮娥換紀元。」（一九五〇年）
〈辛卯廣州元夕用東坡韻〉：「幾換魚龍除此夕，渾忘節物是何年。」（一九五一年）
〈廣州癸巳元夕用東坡韻〉：「久厭魚龍喧永夜，待看桃杏破新年。」（一九五三年）
〈壬寅元夕作用東坡二月三日點燈會客韻〉：「戲海魚龍千萬裡，知春梅柳六三年。」（一九六二年）
〈乙巳元夕次東坡韻〉：「月明烏鵲難棲樹，潮起魚龍欲撼船。」（一九六五年）
〈乙巳元夕倒次東坡韻〉：「魚龍燈火喧騰夜，一榻蕭然別有天。」（一九六五年）
〈丙午元夕立春作仍次東坡韻〉：「曼衍魚龍喧海國，迷離燈火憶童年。」（一九五五年）

四、劫灰

〈哀江南賦〉中有「談劫燼之灰飛，辨常星之夜落」之語，而陳詩凡涉相似情感，也多用「劫灰」表達：

〈壬午元旦對盆花感賦〉：「劫灰滿眼看愁絕，坐守寒灰更可哀。」（一九四二年）

〈丁亥春日閱花隨人聖庵筆記深賞其遊暘臺山看杏花詩因題一律〉：「世亂佳人還作賊，劫終殘帙幸餘灰。」（一九四七年）

〈青鳥〉：「可憐漢主求仙意，只博胡僧話劫灰。」（一九四九年）

〈純陽觀梅花〉：「名山講席無儒士，勝地仙家有劫灰。」（一九五〇年）

〈己丑除夕題吳辛旨詩〉：「天寒歲暮對茫茫，灰燼文章暗自傷。」（一九五〇年）

〈詠紅豆〉：「灰劫昆明紅豆在，相思廿載待今酬。」（一九五五年）

〈病中南京博物院長曾昭燏君過訪話舊並言將購海外新印李秀成供狀以詩紀之〉：「雄信讖詞傳舊本，昆明灰劫話新煙。」（一九六三年）

〈乙巳清明日作次東坡韻〉：「聽罷胡僧話劫灰，尚談節日蠢人哉。」（一九六五年）

五、甲兵

〈哀江南賦〉中有「馬武無預於甲兵，馮唐不論於將帥」之詞，陳詩凡遇類似感受，也慣用此語：

〈丁亥除夕作〉：「殺人盈野復盈城，誰挽天河洗甲兵。」（一九四八年）

〈葉遐庵自香港寄詩詢問近狀賦此答之〉：「垂老未聞兵甲洗，偷生爭為稻粱謀。」（一九五〇年）

〈癸巳七夕〉：「笑他欲挽銀河水，不洗紅妝洗甲兵」（一九五三年）。

六、蔡威

陳詩〈目疾久不愈書恨〉：「彈指八年多少恨，蔡威唯有血霑衣。」〈戊子陽曆十二月十五日於北平中南海公園勤政殿門前登車至南苑機場途中作並寄親友〉：「臨老三回值亂離，蔡威淚盡血猶垂。」（一九四八年十二月十五日）。兩用「蔡威」典故，顯然受子山「蔡威公之淚盡，加之以血」影響。

七、鶉首、冤禽、吳歈、楨尾

子山有「吳歈越吟，荊豔楚舞」，陳詩〈箋釋錢柳因緣詩完稿無期黃毓祺案復有疑滯感賦一律〉中說：「然脂暝寫費搜尋，楚些吳歈感恨深」（一九五八年）。子山用：「既而魴魚楨尾，四郊多壘」，陳詩〈又別作一首〉有「不歌楨尾唱紅顏，翻感江關庾子山」（一九六〇年）。

前述〈哀江南同賦〉中語詞，多數並非子山獨創，但陳詩不避重複，且語意多與子山相通，就記憶深刻觀察，可判斷多來自子山，而非原典更早出處。其它如〈哀江南賦〉中用「豈冤禽之能塞海？非愚叟之可移山」，陳詩〈阜昌〉也有「世變無窮東海涸，冤禽公案總傳疑」（一九四五年）。子山有「以鶉首而賜秦，天何為而此醉」。陳詩〈余昔寓北平清華園嘗取唐代突厥回紇土蕃石刻補正史事今聞時議感賦一詩〉中則用：「賜秦鶉首天仍醉，受虜狼頭世敢訶」（一九四五年）。〈哀江南賦〉有「日暮途遠，人間何世？將軍一去，大樹飄零」之辭，陳詩〈蒙自南湖〉用「黃河難塞黃金盡，日暮人間幾萬程」（一九三八年），可認為是由子山名句化出。

〈哀江南賦〉中語詞多為寄寓「悲哀」情感之選，陳寅恪一生多經「離亂」之苦，感同身受，所以陳詩陳文風格色彩最類〈哀江南賦〉，「赤縣、神皋、甲兵、劫灰」等語詞，可謂陳文陳詩要語，讀陳寅恪須特別留意。

陳寅恪錢鍾書詩同用一典八例

目前已見陳寅恪和錢鍾書舊詩，就數量判斷，陳多於錢。陳錢舊詩中，偶有用典同一現象。除一般舊詩習語，如「蓬萊、青鳥、緇衣、木葉、紅妝、海棠、憑欄、夕陽」等等外，陳錢詩用典同一，在相當大程度上顯示他們一般知識系統的範圍，閱讀趣味以及記憶專注某一事物等特點。試舉八例。所據陳錢詩為三聯版《陳寅恪集・詩集》、《槐聚詩存》和錢鍾書一九三四年自印本《中書君詩初刊》。解釋古典，用廣東人民版胡文輝《陳寅恪詩箋釋》。不再一一出注。

一、鴃舌

錢鍾書〈北遊記事詩〉多首，其中一首：「有地卓錐謝故人，行程乍浣染京塵；如何欲話經時別，鴃舌南蠻意未申」。

陳寅恪〈客南歸述所聞戲作一絕〉，最後兩句：「可憐䎁舌空相問，不識何方有鑒湖。」

䎁舌，語出《孟子》，一般比喻語言難解，雖不算僻典，但陳錢詩中都用過一次，說明他們對這個比喻有興趣，趣味上有同一性。

二、定庵

錢鍾書〈北遊記事詩〉，其中一首：「話到溫柔只兩三，薄情比勘彌增慚，任情投筆焚書後，註定全身學定庵」。

陳寅恪〈蒙自雜詩〉兩首，第一首：「少年亦喜定庵作，歲月堆胸久忘之。今見元胎新絕句，居然重誦定庵詩。」

定庵即龔自珍，陳錢詩同用一典，說明他們對龔自珍詩及影響都非常熟悉。

三、桑下三宿

錢鍾書一九三三年詩〈春盡日雨未已〉：「雞黃駒白過如馳，欲絆余暉計已遲；藏海一身沉亦得，戀桑三宿去安之；茫茫難料愁來日，了了虛傳憶小時；卻待明朝薦櫻筍，送春不與訂歸期。」另一首〈發昆明電報絳〉中也有兩句：「遠矣孤城裹亂山，欲去寧無三宿戀。」

陳寅恪〈春盡病起宴廣州京劇團並聽新穀鶯演望江亭所演與張君秋微不同也〉第三首中有：「桑下無情三宿了，草間有命幾時休」。

桑下三宿，原意為僧人不得在同一桑樹下連宿三晚，以免日久留戀。陳寅恪一九一一年己亥秋日詩也用過此典，句為「三宿淒迷才未盡」。陳錢詩同選一典，可見表達某一情感時，聯想的知識方向有趨同性。

四、猧子

錢鍾書〈無題義山有感雲楚天雲雨盡堪疑解人當以此意求之〉詩，其中兩句：「身無羽翼慚飛鳥，門有關防怯吠猧」。

陳寅恪〈無題〉詩：「猧子吠聲情可憫，狙公賦芧意何居」。

猧子是哈巴狗別名，由西域傳來，陳寅恪研究元白詩時，曾有詳論。錢鍾書也用此典，足見二人知識來源和趣味，比喻同一，表明聯想造語時向同一方向生發。

五、電笑

錢鍾書〈清音河（La Seine）河上小橋（Le Petit Pont）晚眺〉詩：「電光撩眼爛生寒，撒米攢星有是觀；但得燈濃任月淡，中天盡好付誰看。」另一首〈驟雨〉詩：「雷嗔鬥醒諸天夢，電笑登開八表昏。」

陳寅恪〈詠成都華西壩〉詩中有：「雷車乍過浮香霧，電笑微聞送遠風。」

電笑即是閃電，西方詩文常用電與笑互喻，錢鍾書《管錐編》中認為是絕頂聰明的想像。王培軍《錢邊綴瑣》有詳論（該書第一一四頁，浙江大學出版社，二〇一四年）。此典較辟，陳錢同用，足證對妙喻感覺一致。

六、黑甜鄉

錢鍾書〈寓夜〉詩：「沉醉溫柔商略遍，黑甜可老是吾鄉。」
陳寅恪〈熱不成寐次少老聞停戰詩韻〉：「欲夢高寒冷肝肺，可憐無路黑甜鄉。」
黑甜鄉是睡的意思，語出蘇東坡〈發廣州〉。陳錢對妙喻的感受完全相同。

七、白雁

錢鍾書〈故國〉詩：「壯圖虛語黃龍搗，惡識真看白雁來。」
陳寅恪〈乙未迎春後一日作〉詩：「黃鶯驚夢啼空苦，白雁隨陽倦未歸。」
白雁，文輝兄未尋出古典，解為雁的飾詞。但陳錢同用，可能確有出處，期待高人指點。

八、食哈

錢鍾書〈生日〉詩：「聊借令辰招近局，那知許事哈蜊前。」

陳寅恪〈庚辰暮春重慶夜宴歸作〉詩：「食蛤那知天下事，看花愁近最高樓。」〈己丑元旦作時居廣州康樂九家村〉詩：「食哈那知今日事，買花彌惜去年春」。〈乙未陽曆元旦作時方箋釋錢柳因緣詩未成也〉詩：「食哈那知天下事，然脂猶想柳前春」。〈乙未除夕臥病強起與家人共餐感賦檢點兩年以來著作僅有論再生緣及錢柳因緣詩箋釋二文故詩語及之也〉詩：「那知明日事，哈蜊笑盤虛」。

食哈，一般表示輕蔑和嘲謔之意，典出《淮南子》，是陳詩中重複最多的一典。此典極有機趣，陳錢同用，可見認同此典顯示的智慧。

陳寅恪對小說的一個卓見

陳寅恪和錢鍾書都是中國大學者中有小情趣的人，比如都喜歡讀淫書，都喜歡探究小事物的起源，喜歡追究西方器物如何傳到中國等問題，陳寅恪對唐代婦女的服飾、髮型和口紅一類東西，都有探究的興趣。他們不但喜歡讀小說，而且有創作的欲望，都喜歡寫舊詩。錢鍾書不用說了，陳寅恪的《柳如是別傳》其實也可當小說讀。

陳寅恪對小說在歷史研究中的價值有非常清晰自覺的認識。他講《太平廣記》史料時曾說過：「小說亦可作參考，因其雖無個性的真實，但有通性的真實。」（《陳寅恪集・講義及雜稿》第四九二頁）。我以為這是陳寅恪對小說的一個卓見，是今後需要從理論上認真探討的一個問題。

我個人理解，陳寅恪所謂「通性真實」，其實與恩格斯評價巴爾扎克小說時的名言表達的是同一意思。恩格斯說：「他的作品彙集了法國社會的全部歷史，我從這裡，甚至在經濟細節方面所學到的東西，也要比當時所有職業的歷史學家、經濟學家和統計學家那裡學到的東西還要多」（《馬恩選集》第四卷，第六八二頁）。巴爾扎克小說對時代反映的真實性，就是陳寅恪所謂「通性真實」，即對時代精神的準確把握。有了這個認識，我們在判斷小說的歷史地位時，可能就會有比較清晰的意識。

中國當代文學中有「傷痕文學」、「反思文學」一類小說，如《班主任》、《傷痕》、《楓》、《犯人李銅鐘的故事》等，在藝術上多有討論的餘地，但這些作品兼具「通性的真實」，也就是說對時代精神的把握上有真實性，所以它們的價值不會隨時代變化而消失。反過來如《創業史》、《豔陽天》、《金光大道》等作品，在敘述語言和生活細節描寫等方面，可能不失為有價值的小說，但他們不具備陳寅恪所說的「通性的真實」，所以這些作品的文學史地位不可能持久，說白了，就是作家把壞時代當好時代對待了。

陳寅恪對小說的這個卓見，需要引起當代作家的警覺，無論何時，創作中一定要盡可能把握一個時代「通性的真實」。

《柳如是別傳》開篇仿《紅樓夢》

《柳如是別傳》全書共五章（第三章和第五章各有一附錄），全書各章之間並無細密聯繫，體量也不平衡，全書近八十萬字，前三章只占全書一小部分，四、五兩章各占全書近一半篇幅。

第一章「緣起」只幾千字。「緣起」看似常用習語，但此處陳寅恪可能不僅是在習語意義上使用該詞，而是流露了他的佛學修養。「緣起」本是佛學專用詞，陳寅恪用它寓意人生各種悲苦的關係。現代人著述開篇，用「緣起」一詞並不多見，一般多用「序、楔子、導言、前言」等。陳寅恪用「緣起」可能別有深意，它的靈感來源於《紅樓夢》。

《紅樓夢》開篇講通靈寶玉的來歷，講《石頭記》的來源，說《石頭記》原名《情僧錄》，後又被人題為《風月寶鑒》，到曹雪芹手裡才分出章回，改名為《金陵十二釵》，「此便是《石頭記》的緣起」，《柳如是別傳》原來的名字是《錢柳姻緣釋證稿》，可以想見陳寅恪對這部著述的構想。

《柳如是別傳》開始是陳寅恪的〈詠紅豆並序〉，寫他當年在昆明的一段經歷。我曾在一篇文章中說過，此段經歷，可能出於虛構，是陳寅恪為敘述方便，將自己人生經歷虛寫，這可能也就是陳寅恪自己所謂「忽莊忽諧，亦文亦史」。因為在陳寅恪自己和家人的回憶及同時代人的相關書信日記等文獻中，都從未提過陳寅恪當年在昆明的這一段奇遇，用重值購一枚錢氏故園樹上的紅豆，藏之篋中顛沛流離二十幾年不曾丟失，這是陳寅恪的小說家言。陳寅恪自己說：「自得此豆後，至今歲忽忽二十年，雖藏之篋笥，亦若存若亡，不復省視」（《陳寅恪集·柳如是別傳》上第三頁），可見此事為虛寫，是陳寅恪把自己人生選擇與錢氏經歷中某一相合處有意聯結的一種暗示。明南都傾覆，錢謙益隨例北遷，柳如是獨留金陵。一九四八年底，陳寅恪和胡適同機離開北平，先到南京，第二天到上海。一九四九年一月，陳寅恪全家到廣州，在此期間，陳寅恪曾和俞大維有多次深談（陳流求等著《也同歡樂也同愁》第二三五頁）。

在陳寅恪研究中，一九四九年陳寅恪的去留曾是一個重要問題，後經胡文輝、張求會深入研究，已得確解，即陳寅恪曾決定離開大陸，後因其它原因錯過了機會，對此人生選擇，陳寅恪視為終身之悔，但又不能明對人言。而在此去留問題上，除俞大維外，陳寅恪的妹妹陳新午和陳夫人都持堅定態度，這個問題最後構成陳寅恪一生的心結，也可以理解為是他

「著書唯剩頌紅妝」的心理動力。這也就是為什麼陳寅恪在提到阮吾山錯解歸莊送錢牧齋春聯「居東海之濱，如南山之壽」是「無恥喪心，必蒙叟自為」的原因。在陳寅恪看來，此聯實從庾子山〈哀江南賦〉「畏南山之雨，忽踐秦庭，讓東海之濱，遂餐周粟」脫胎而來，其所注意在「秦庭、周粟」，陳寅恪說此聯「暗寓惋惜之深旨，與牧齋降清，以著書修史自解之情事最為切合」（《陳寅恪集・柳如是別傳》上第二頁），此處陳寅恪明說錢氏，實是自己真實處境的寫照。所以他才說：「右錄二詩，所以見此書撰著者之緣起也」。

注意陳寅恪《柳如是別傳》開篇用了《紅樓夢》的敘述方式，意味著我們不能簡單把此書當一部學術著作來看待，而要在虛實間看出陳寅恪常以自己處境來和歷史人物相似處境相擬，並借此抒發自己內心真實感受。

陳寅恪對中醫的看法

屠呦呦獲諾獎後，無論學界有多少爭議，都共同承認她的研究靈感由中醫獲得。由此我想到了陳寅恪對中醫的一個看法。

陳寅恪祖上通中醫，但他一生不信中醫。在《寒柳堂記夢未定稿》中，陳寅恪明確說：「中醫有見效之藥，無可通之理」，所以他反對把中醫視為「國粹」，駕於西醫之上。中醫是幾千年經驗累積的結果，所以「有見效之藥」是不爭的事實，陳寅恪沒有否定它的價值，但同時指出事物一定要有「可通之理」，而中醫沒能做到此點。「見效之藥」是經驗，有一定程度的偶然性；具「可通之理」是必然性，才是科學。

陳寅恪判斷的意義告訴後人，要承認「有見效」之「藥」這個基本事實，但更難在追求那個「可通之理」。葛洪提示了「見效之藥」，而屠呦呦找到了「可通之理」。葛洪是道士，屠呦呦是科學家。

陳寅恪造語高妙

陳寅恪在歷史研究中極富聯想力。所謂聯想力，即能把不同時期發生的歷史事件與當下現實作恰當聯繫。「九・一八」後，陳寅恪寫〈高鴻中明清和議條陳殘本跋〉，西安事變發生，陳寅恪寫〈論李懷光之叛〉。一九五一年，中國外交「一邊倒」，陳寅恪寫〈論唐高祖稱臣於突厥事〉等。許冠三《新史學九十年》中，說陳寅恪偶爾也弄弄「影射史學」，其實是沒有感受到陳寅恪歷史研究的現實意義。如果我們留意陳寅恪一九四九後所寫論文的具體時間，大體可以判斷出他有些論文的苦心。陳寅恪高明之處是不經意間時時有恰當聯想和巧妙比喻，造語極為智慧，常常看似無意而實有深旨。

一九六四年十一月，陳寅恪撰〈論再生緣校補記〉。眾所周知，此文主要是針對郭沫若的，但陳寅恪行文中未提郭沫若的名字，只以「論者」代稱。一九六四年夏天，哲學界恰好發生了著名的批判楊獻珍與「合二而一」事件，陳寅恪對此事的態度，我們目前還沒有見到直接史料，但他對此事一定有自己的態度。陳寅恪在「校補記」中說：「夫一百五十餘年前同時同族之人，既堅決不認雲貞、端生為一人，而今日反欲效方密之之『合二而一』，亦太奇矣！」（《寒柳堂集》第八十七頁）。陳寅恪此處提到「合二而一」，直接針對郭沫若〈再談《再生緣》〉的作者陳端生〉一文。郭沫若在文章中說：「姓陳的嫁給姓范的，這是一合」；「陳端生的丈夫應該是范菼，菼是荻的別名……故名菼可字（或號）秋塘。這是二合」，對於陳雲貞的身世，郭沫若還認為「這些情況和陳端生的身世太相似了。這是三合。」（《郭沫若古典文學論文集》第八九三頁，上海古籍出版社，一九八五年）。

陳寅恪巧用「合二而一」明面是針對郭文，但同時也暗諷了當時哲學界的「合二而一」事件，因為陳寅恪特別提到了「合二而一」的發明者方以智（方密之），顯然是針對哲學界當時關於「合二而一」的討論，如果不針對此事，單純對郭文，陳寅恪當說「合三為一」，因為郭文中確實是說了「三合」。郭文完成於一九六一年十一月，其時「合二而一」事件尚沒有發生，陳寅恪如果不是聯想到了當時的「合二而一」事件，何來「今日反欲效方密之之『合二而一』」一語？郭文與「合二而一」本無關涉，所謂「三合」只是一般行文習慣，陳寅恪針對郭文，不說「合三」，而只說「合二而一」，可謂一箭雙雕。陳寅恪的感慨是：「合二而一，亦太奇矣！」

後記

一九九三年，清華版《陳寅恪詩集》印出時，我即讀過，但說實話，沒有讀懂。後來看到余英時先生的釋證，感覺眼光非常犀利，但因為余先生解陳詩以宏觀判斷為切入點，在坐實今典方面較模糊，所以對陳詩我多數還是不知所云。後來讀到文輝兄《陳寅恪詩箋釋》，他對陳詩的理解極為豐富，但在坐實今典方面，感覺也不解渴。

近年有些閒時間，我再讀陳詩，忽然感覺有所理解，隨即憑直覺和對上世紀五六十年代知識份子的判斷，試解了幾首晚年陳詩。我無中國古典詩文的修養，解陳詩以尋今典為目標，以坐實史事為追求，以直覺和猜測為基本方法，一定落實到具體人事。我解陳詩，完全循「以陳解陳」之方法，我是用陳寅恪自己在《柳如是別傳》中暗示過的辦法解陳詩。陳寅恪在《柳如是別傳》中明確表達過，自來注釋詩章，一為考證，一為解釋辭句，前者是今典，即當時之事實，後者是古典，即舊籍之出處。他認為，解釋古典故實，自當引用最初出處，當最初出處不足時，更須引其他最初有關者以補足，始能通解作者遣詞用意之妙。

陳寅恪一九三一年寫〈庾信哀江南賦與杜甫詠懷古跡詩〉時，即用了他後來慣用的尋「今典」方法。一九三四年，陳寅恪在〈讀哀江南賦〉中明確界定了「古典」與「今典」概念，並特別強調了尋今典時，要注意「時代限斷」和「聞見之可能」。我正是受此啟發，開始在陳寅恪晚年詩中尋「今典」。

《柳如是別傳》和晚年陳詩的關係，極為複雜，也極為簡單。說複雜，意謂晚年陳詩故實多在《柳如是別傳》中（主要是情緒與感慨），說簡單，意謂陳寅恪《柳如是別傳》一開始即提示過解陳詩的基本方法。

最後我要說，如果沒有余英時、胡文輝和其它人對陳詩研究的積累，我即想不到解陳詩，也沒有能力解陳詩。如果自認還略有心得，那完全是建立在他們研究工作基礎上。

陳詩極為豐富，如果解對了一首，或者給出了一個思路，我以為都是有意義的學術工作。我深知自己知識的膚淺和思路的固執，會導致很多錯誤甚至被認為是胡扯。不過我也深信，解陳詩，有時還真需要一點胡扯，至少它可以開啟思路。比如陳詩〈項羽本紀〉，我先解為張東蓀，後來又想過翁文灝；解陳詩〈文章〉，先想過章士釗，後來又到馮友蘭，岑仲勉，如果都錯了，也能避免他人再錯。解陳詩，需要一個試錯過程，解陳詩，錯也是對。

最後再強調，我解晚年陳詩多是憑直覺和猜測，不足為法。解陳詩的目的不是研究舊詩，不是研究古典文學，而是觀察一個知識份子在特殊時代的內心世界。

作者

二〇一八年十月二十日於廈門

作者簡介

謝泳

廈門大學人文學院中文系教授。主要研究方向為中國現代文學史和中國現代知識分子史。著有《西南聯大和中國現代知識份子》、《中國現代知識份子的困境》及《何故亂翻書——謝泳閱讀筆記》等書。

史地傳記類　PC0805　讀歷史100

陳寅恪晚年詩箋證稿

作　　者 / 謝　泳
責任編輯 / 杜國維
圖文排版 / 林宛榆
封面設計 / 蔡瑋筠

發 行 人 / 宋政坤
法律顧問 / 毛國樑　律師
出版發行 / 秀威資訊科技股份有限公司
114台北市內湖區瑞光路76巷65號1樓
電話：+886-2-2796-3638　傳真：+886-2-2796-1377
http://www.showwe.com.tw
劃撥帳號 / 19563868　戶名：秀威資訊科技股份有限公司
讀者服務信箱：service@showwe.com.tw
展售門市 / 國家書店（松江門市）
104台北市中山區松江路209號1樓
電話：+886-2-2518-0207　傳真：+886-2-2518-0778
網路訂購 / 秀威網路書店：https://store.showwe.tw
國家網路書店：https://www.govbooks.com.tw

2019年8月　BOD一版
定價：540元

國家圖書館出版品預行編目

陳寅恪晚年詩箋證稿 / 謝泳著. -- 一版. -- 臺
北市 : 秀威資訊科技, 2019.08
面； 公分. -- (史地傳記類；PC0805)
(讀歷史 ; 100)
BOD版
ISBN 978-986-326-700-3(精裝). --
ISBN 978-986-326-708-9(平裝)

848.6 108009751

讀者回函卡

感謝您購買本書，為提升服務品質，請填妥以下資料，將讀者回函卡直接寄回或傳真本公司，收到您的寶貴意見後，我們會收藏記錄及檢討，謝謝！
如您需要了解本公司最新出版書目、購書優惠或企劃活動，歡迎您上網查詢或下載相關資料：http:// www.showwe.com.tw

您購買的書名：________________________________

出生日期：________年________月________日

學歷：□高中（含）以下　□大專　□研究所（含）以上

職業：□製造業　□金融業　□資訊業　□軍警　□傳播業　□自由業
　　　□服務業　□公務員　□教職　□學生　□家管　□其它____

購書地點：□網路書店　□實體書店　□書展　□郵購　□贈閱　□其他

您從何得知本書的消息？

□網路書店　□實體書店　□網路搜尋　□電子報　□書訊　□雜誌
□傳播媒體　□親友推薦　□網站推薦　□部落格　□其他________

您對本書的評價：（請填代號　1.非常滿意　2.滿意　3.尚可　4.再改進）

封面設計____　版面編排____　內容____　文／譯筆____　價格____

讀完書後您覺得：

□很有收穫　□有收穫　□收穫不多　□沒收穫

對我們的建議：________________________________

____

____

____

請貼
郵票

11466
台北市内湖區瑞光路 76 巷 65 號 1 樓
秀威資訊科技股份有限公司 收
BOD 數位出版事業部

(請沿線對折寄回，謝謝！)

姓　名：________________ 年齡：________ 性別：□女 □男

郵遞區號：□□□□□

地　址：________________________________

聯絡電話：(日) ______________ (夜) ______________

E-mail：________________________________